꽃을 보다, 마음을 듣다

꽃을 보다, 마음을 듣다

정원을 가꾸며
내면에 귀 기울이는
시간

김현호 지음

샘터

이 책은 38년간의 직장 생활 후 시골로 내려와 정원을 가꾸며 상담학을 공부하고 있는 70대 은퇴자의 살아가는 이야기다. 우리 주변 어디서나, 누구에게서나 보고 들을 수 있는 소소한 이야기들이라 대단한 감동이나 재미를 기대하기는 어려울 것이다. 그저 잔잔한 웃음과 공감을 느낀다면 다행이겠다.

서정주 시인은 '스물세 해 동안 나를 키운 건 8할이 바람'이라고 했다. 은퇴 후 나의 삶을 바꿔놓은 건

8할이 전원田園이다. 텃밭과 정원 가꾸기에 열심이다. 물론 바람도 맞는다. 바람결의 미세한 촉감 변화에서 계절의 바뀜도 알아챈다.

치열한 경쟁과 압박이 지배하는, 그래서 감각이 무 뎌지는 도심의 사무실에서 벗어나 흙과 나무와 꽃이 어우러지는 자연 속으로 삶의 토대를 옮겨오면서 나의 내면은 평온하고 섬세해졌다. 여기에 상담 공부가 보태졌다. 은퇴 후 새로운 삶을 살아가는 방향과 태도를 모색하는 데 도움을 얻으려고 시작한 공부다. 아직 상담자로서 타인의 삶과 고통 해소에 도움을 줄 수 있을 만큼 공부하지는 못했지만 나의 삶을 챙기는 데는 어느 정도 자신이 생겼다. 정원과 상담은 통하는 게 참 많다. 소통, 공감, 이해, 위로, 치유, 따뜻함, 애씀 등이 공통으로 배어있다.

정원과 상담이 나의 내면에 어떻게 스며들고, 또 일상에 어떻게 드러나고 있는지를 그때그때 적어 보았다. 대부분 일기처럼 쓴 글들이다. 자기 이해와 자기 수용, 그리고 자기 개방을 위한 공부의 일환이었다. 이 글들이 이 책의 토대가 되었다.

나를 드러내는 일은 부끄럽다. 은근히 자랑하는 것 같기도 하고, 억지 겸손을 떠는 것 같기도 하다. 그러나 그것도 나임에랴. 부끄러운 글들을 세상에 내놓을 용기를 준 샘터사에 감사드린다.

양평에서 김현호

차례

 프롤로그 • 5

1부
사색이 깃드는 뜰

2부
꽃들의 세계

3부
풍성한 삶의 열매

1장

사색이 깃드는 뜰

정원은 사색의 공간이다.

꽃과 나무를 바라보고 있으면 나 자신과의 대화가 열린다.

잡초를 뽑고 흙을 만지는 동안 마음속에는

수만 가지 상념의 싹이 자란다.

그 끝에 피어나는 것은 고요한 평온과 맑은 명상이다.

두 의자

두 의자가 나란히 놓여 있다. 안락의자처럼 나지막하고 넉넉하다. 그래서 보는 것만으로도 몸이 편안해지는 느낌이다. 서로 등을 맞댄 것 같기도 하고, 어깨를 조심스레 기댄 것 같기도 하다. 오래 함께 살아온 부부의 모습이다. 굳이 기대지 않아도 이미 서로를 지탱하고 있는 것이다.

이 의자는 우리 부부가 하루의 태반을 보내는 자리다. 계절과 시간에 따라 우리는 의자를 들고 정원을

떠돈다. 여름에는 따가운 햇살을 피해 복숭아나무 아래로 찾아들고, 햇볕이 따스한 늦가을에는 정원 한가운데로 나아간다. 봄의 장미 노발리스가 보랏빛 꽃을 피우면 그 곁으로, 초여름의 아마릴리스가 화려한 얼굴을 내밀면 그 앞으로 자리를 옮긴다.

우리는 정원을 떠도는 노마드다. 양떼를 몰고 초지를 따라 이동하는 유목민처럼, 햇살과 꽃과 향기를 따라 떠돈다. 젊을 때는 꿈과 성공을 찾아 떠돌던 노마드가 이제 내면의 안식과 평화를 찾아다닌다.

이 의자에 앉아 하루 두세 잔의 커피를 마시는 일은 일상이 되었다. 음악을 듣고, 책장을 넘기고, 때로는 간단한 식사를 즐기기도 한다. 스르르 밀려오는 졸음을 애써 밀어내지 않고 낮잠에도 빠진다. 아내와 조곤조곤 서로의 생각과 감정을 나누기도 하고, 아무 말 없이 한참을 앉아 있기도 한다. 말들이 사라진 시간이 때론 길고 깊다. 서로에게 더 가까이 데려다주는 그 침묵이 불편하지 않다.

우리는 자리에서 일어나 정원을 돌며 꽃들을 하나하나 살펴본다. 전정가위를 들고 가지를 다듬고 마른 잎을 걷어낸다. 아내는 휴대폰을 들고 정원을 천천히 돌며 꽃들에게 음악을 들려준다. 쇼팽의 환상곡을 특히 좋아한다. 멜로디가 이리저리 날아다니는 나비의 모습과 닮아 꽃들이 좋아할 거라고 한다. 꽃과 음악과 나비와 아내가 하나 되는 순간이다.

옆집에는 교회 장로님 부부가 산다. 정말 부지런한 분들이다. 하루 종일 집과 텃밭을 돌보느라 일손을 놓지 않는다. 그 모습을 바라보는 우리는 장로님 부부를 '개미', 우리를 '베짱이'에 비유하며 웃는다.

그렇다고 우리가 정말 아무 일도 하지 않고 노래만 부르는 베짱이는 아니다. 한여름의 땡볕 아래서 잔디를 깎고 풀을 뽑는다. 정원에 대부분의 자리를 내주고 달랑 두 고랑으로 쪼그라든 텃밭이지만, 그래서 더욱 정성을 쏟는다.

블루베리, 감나무, 살구나무, 미니사과 등은 농약을 치지 않아 벌레들의 놀이터가 되기 십상이어서 놈들을 일일이 손으로 잡아내야 한다. 틈틈이 의자에서 쉬고 눈을 붙이지만 얼굴은 어느새 햇볕에 그을려 까매진다. 대신, 몸을 쓰고 햇볕을 듬뿍 쐬니 밤에 잠이 깊이 든다. 스마트워치에 기록되는 수면 점수가 날로 좋아진다.

깊어진 것이 어디 잠뿐이랴. 아내는 우리의 대화가 예전보다 깊어지고 길어진 것은 내가 상담학을 공부했기 때문이라고 말한다. 무엇보다 상대의 말을 끊지 않고 끝까지 듣는 태도가 좋아졌다고 추켜세운다. 상담의 기초 중 기초는 상대방 이야기를 경청하는 것이다. 아내는 나의 상담대학원 등록금이 전혀 아깝지 않단다.

그전에는 상대의 말이 좀 길어진다 싶으면 내 입에서 "그래서 결론이 뭔데?"라는 말이 튀어나오기 일쑤였다. 성격 탓도 있겠지만 매사에 쫓기듯 사는 일상의 조급함이 상대 이야기를 느긋하게 들을 마음의 여유를 허용하지 않은 탓이 클 것이다. 상담 못지않게 나를 변화시키는 것은 정원이다. 도시의 아파트에 살아도 지금과 같은 생활이 가능했을지를 생각해 보면 이 사실은 한층 더 분명해진다.

가을 오후의 햇살은 부드럽고 느리다. 앞산 능선을 넘어가는 해는 서두르지 않고 정원 풍경을 하나하나

어루만지듯 그늘을 드리운다. 그늘이 정원 한가운데까지 밀려오면 길지 않은 가을의 하루가 저물어 간다.

정원의 두 의자에 앉아 따스한 햇살과 맑은 공기를 즐기며 파란 하늘을 가로지르는 고추잠자리들을 바라본다. 추명국과 쑥부쟁이 같은 가을꽃들의 향기가 은은하다. 내 마음이, 영혼이 정갈해지지 않을 수 없다. 우울과 분노, 증오와 강박 등이 발붙일 여지가 어디 있겠는가.

정원의
탄생

경기도 양평의 시골 산기슭에 자리 잡은 나의 전원주택은 대지가 300평이나 된다. 서울의 웬만한 회장님 저택이 부럽지 않은 면적이지만, 집값은 서울 서민 아파트의 절반 수준에도 미치지 않는다.

내가 이 집을 선택한 이유는 널찍한 텃밭 때문이었다. 평생 농사를 지어본 경험도, 특별한 기술도 없지만 나는 흙 만지는 일을 좋아한다. 선친은 시골 초등학교 교사였다. 당시 교사들에게는 '실습지'라고 하여 채소 농사를 지을 수 있을 정도의 텃밭이 주어졌다. 나는 이 밭이 너무 좋았다. 초등학교 2, 3학년짜리 꼬맹이가 우물에서 물을 길러 배추밭에 뿌려주고 심지어 학교의 재래식 변소에서 인분을 퍼 나르기도 했다. 다른 형제들은 이 일이 하기 싫어 이 핑계 저 핑계로 도망 다녔지만 나는 신나게 이 일을 도맡아 했다. 주변 어른들이 어린애가 장하다고 칭찬이라도 해주면 힘이 나 물불가리지 않고 더욱 열심히 했다.

흙과 농사를 좋아하던 동심이 내 안에서 다시 살아난 것일까. 나는 은퇴 후 한 치의 망설임도 없이 시골행을 택했고, 텃밭이 집 면적의 절반 이상을 차지하는 이 집을 보자마자 마음을 빼앗겨 계약을 맺었다.

양평은 남한강과 북한강이 흘러들어 그 둘이 두물머리에서 만나 한강이 되는 곳이다. 수도권의 식수를 책임지는 지역이라 수자원 보호 조치가 엄격해 물이 풍부하고 깨끗하다. 용문산을 비롯해 산세도 위풍당당하다. 말 그대로 멋진 산수화가 펼쳐진다.

용문산을 바라보며 산세를 경쟁하는 추읍산 자락에 널찍하게 자리한 전원주택과 텃밭을 장만하고 나니 부러울 게 없었다. 그렇게 몇 년 동안 나는 열 고랑이 넘는 텃밭에서 채소를 기르며 낙원을 만끽했다.

그러던 어느 날, 낙원의 평화는 깨졌다. 아내가 "더 이상 못 살겠다"라며 당장 아파트로 이사 가자고 들고 일어난 것이다. 평소 조용하고 자기주장이 강하지 않은 아내가 그렇게 강경한 태도를 보이는 것은 처음이었다.

당시 나는 상담대학원에 다니고 있었다. 고개를 끄덕이며 귀로 듣는 것이 아니라 상대의 내면으로 들어가 마음으로 듣고 공감하는 것이 진정한 경청이라는 이야기를 수없이 듣고 있을 때였다. 아내의 갑작스런 선포가 당황스러웠지만 나는 남편이 아니라 상담자의 자세로 아내의 이야기에 귀를 기울였다. 그렇게 아내의 진심을 마주했다.

아내의 고백은 놀라웠다. 처음부터 시골에 오기 싫었지만, 내가 간절히 원하기에 차마 입을 떼지 못했다고 했다. 시골에 온 이후 외부와 차단된 채 자신의 일상이 오로지 남편에게 의존하는 느낌에 숨이 막혔단다. 텃밭의 무성한 잡초와 제멋대로 자란 나무들이 자신을 집어삼키려 달려드는 괴물처럼 보였다고도 토로했다. 나에게 낙원이 아내에겐 감옥이나 마찬가지였던 셈이다.

아내의 심리 검사를 해보았다. 예상대로 우울증과 건강염려증, 사회적 내향성 등에서 높은 수치가 나왔다. 나는 곧바로 부동산에 집을 내놓았다. 아내의 마음을 치유하는 게 급선무라고 판단했기 때문이다. 이사 가겠다는 의지를 보여주는 것이 가장 확실한 방법이었다. 집이 팔리면 곧바로 아파트로 가겠다는 다짐도 주었다. 그러자 아내의 표정은 눈에 띄게 밝아졌다.

내 속마음은 복잡했다. 이대로 전원생활을 포기하고 다시 아파트로 돌아가는 것은 견디기 힘든 일이었다. 나름의 복안이 없지는 않았다. 시골 전원주택은 쉽게 팔리지 않는다. 몇 년이 걸릴 수도 있다. 그동안 해법을 찾자는 생각이었다.

내가 제시한 여러 해결책 중에서 아내가 솔깃해한 것은 텃밭을 정원으로 바꾸는 것이었다. 꽃을 유난히 좋아하는 아내는 넓은 텃밭을 정원으로 바꾸자는 제

안에 마음이 움직였다. 텃밭 두 고랑만 남겨달라는 나의 부탁도 흔쾌히 받아주었다. 그때부터 우리는 정원 관련한 책과 유튜브를 살펴보고, 근처의 유명 카페 정원들을 찾아다니며 우리만의 정원을 설계했다. 그리고 공사업체를 불렀다. 포클레인이 텃밭을 사정없이 파헤칠 때는 내 가슴도 파헤쳐지는 심정이었다.

그렇게 우리 집 정원이 탄생했다. 그리고 나는 생각보다 빠른 속도로 정원의 매력에 빠져들기 시작했다. 처음엔 공사업체에 "정원을 수목원처럼 만들 생각은 없다. 최대한 시원하게 해달라"고 주문했다. 그러나 웬걸, 나무를 하나 둘 심다 보니 욕심에 가속도가 붙었다. 매일 같이 화원과 인터넷을 뒤지며 묘목을 실어 날랐다. 정원에 돈을 쏟아붓고 가난해진다는 '가든 푸어garden poor'의 그림자가 어른거렸다.

요즘 나의 하루는 정원에서 시작된다. 새벽 공기를 마시며 찬찬히 들여다보는 나무와 꽃들은 매일 새롭다. 정원의 나무와 꽃에 하나하나 이름표도 달아주었다. 어림잡아 50개가 넘는다. 그냥 나무로 볼 때와 이름을 부를 때의 느낌은 확연히 다르다. 내가 그의 이름을 불러주었을 때 그는 나에게로 와서 꽃이 되었다는 시구를 체감한다.

책 《정원의 위로》의 저자는 '정원을 돌보는 것은 세월을 가꾸는 것'이라며 정원은 '마음의 부유물을 걷어내고 나 자신과 고요하게 대화할 수 있는 생명의 공간'이라고 말한다. 내가 정원을 가꾸고 돌보듯 정원이 나를 위로하고 있다는 생각이 든다. 아내가 정원에서 커피 한잔 마시며 한없이 행복한 표정을 지을 때면 슬그머니 장난기가 발동한다.

"하루빨리 아파트로 가야지요?"

아내는 이제 절대 아파트로 가지 않겠다며 환히 웃는다.

천국의
조각 모음

정원은 천국의 한 조각이 지상에 떨어진 것이라고 한다. 정원 마니아들이 단순히 멋있게 표현한 말이려니 했는데 실제로 정원을 가꾸어 보니 실감이 난다. 삶의 공간 한편에 정원을 둔다는 것은 어쩌면 저 너머에 있을 천국의 삶을 이 땅에서 미리 경험해 보는 일일지 모른다는 생각이 든다.

그 경험은 그저 황홀하고 아름답기만 한 무아지경은 아닐 것이다. 꽃을 심고 나무를 가꾸는 일은 누가 뭐래도 노동이다. 흙을 만지는 수고로움이자 기다림이고, 그 뒤에 맛보는 길지 않은 환희다. 그러나 나에게 정원 가꾸기는 노동이 얼마나 큰 즐거움이 될 수 있는지를 온몸으로 느끼게 하는 깨달음의 과정이다.

새봄의 기운이 대지 아래에서 꿈틀거릴 때, 낙엽을 밀치고 솟아오르는 조그만 앵초들의 합창을 들어본 적 있는가. 얼어붙었던 대지를 뚫고 나온 생명의 외침은 가냘프지만 단호하다. 장미의 가지를 정리할 때, 한 마디 한 마디마다 자를까 말까 한참 고민해 본 적이 있는가. 한여름의 뙤약볕 아래에서 몇 시간이고 풀을 뽑으며 얼굴이 까맣게 타들어 가는 데도 마음은 참선하듯 정갈해지는 순간을 느껴본 적이 있는가.

풀의 이름을 모르니 그저 잡초라며 마구 뽑아내다가 문득 이름이라도 알아보자며 사진 찍어 검색해 본 적이 있는가. 그렇게 알아낸 이름이 너무 예뻐 결국 뽑기를 포기해 본 적은 없는가. 마침내 장미들이 꽃잎을 열기 시작하면 그날의 설렘과 벅참은 '조용한 축제'다. 화려한 색감과 매혹적인 향기, 우아한 꽃 모양에 감탄하는 걸 넘어 장미 한 송이 한 송이가 품고 있는 서사에 귀 기울여 본 적이 있는가.

레오나르도 다빈치 장미는 꽃잎의 배치가 흐트러짐 없이 견고한 구조다. 그래서 예술과 기하학의 완벽을 추구했던 거장의 이름을 갖게 되었다. 열여섯 살 약혼녀의 죽음을 슬퍼하다 20대에 요절한 독일 낭만파 시인의 이름을 딴 노발리스 장미는 보라색 꽃으로 애잔함을 더한다.

또 다른 독일 장미, 슈테른 탈러는 어떤가. 가난한 사람들에게 자기가 가진 옷과 빵을 나누어준 착한 소녀에게 하늘의 별(슈테른)이 금화(탈러)가 되어 떨어진다는, 아름다운 동화가 꽃 이름이 되었으니 꽃은 금빛 노란색일 수밖에 없다.

정원은 고요하지만 그 안에서는 치열한 생명의 사투가 벌어진다. 한겨울의 혹한과 칼바람을 온몸으로 받아내며 사투를 벌이는 꽃나무들의 처절한 몸부림이 나의 눈에 생생하게 들어온다. 혹한에 동사한 줄 알았던 체로키 산딸나무가 이름에 걸맞게 체로키 인디언 부족 같은 끈질긴 투쟁력으로 늦게나마 기적처럼 새싹을 틔워낼 때는 전율을 느낀다. 들판의 억새

같은 야생풀이 정원으로 초대되어 '그라스Grass'라는 이름의 귀족으로 거듭나는 모습을 지켜보면 저절로 미소가 지어지기도 한다.

정원의 구석구석, 작은 조각들을 하나하나 모아보면 결국 그것이 우리의 삶이 아닐까 하는 생각이 든다. 그 삶의 조각들을 찬찬히 바라보면 천국의 한 귀퉁이가 보이는 듯하다. 정원에는 노동과 땀이 서려 있고, 돌봄과 위로가 스며 있다. 용기와 기다림, 그리고 환희가 공존한다. 이들은 서로의 손을 맞잡고 때로는 부드러운 봄처럼 속삭이고, 때로는 세상을 뒤흔드는 한여름의 천둥처럼 합창한다. 그 속삭임과 합창과 정적은 내 마음의 울림이 된다.

마음속에 천국을 품고 상상하는 사람이라면 정원은 이미 그의 마음속에 자리하고 있는 것일 테다.

나의 압제자를
기다리며

정원의 풍경은 고요하다. 도시의 소음 대신 바람 소리와 흙 내음이 빈자리를 채운다. 이곳 양평에서 나는 상담대학원을 다녔다. 직업적 성취를 바란 것은 아니다. 남은 삶을 좀 더 나답게, 조금 더 깊이 있게 가꾸고 싶다는 소망이었을 뿐이다. 대학원 졸업 후에도 자격증을 따고 책장을 넘기며 여전히 상담 공부의 끈을 놓지 않고 있는 것도 그 연장선이다.

하지만 마음 한구석은 늘 어중간하다. 어느 순간에

는 상담에 내 모든 열정을 쏟아부어 누군가의 영혼을 구원하는 조력자로 살고 싶다가도, 돌아서면 '이 나이에 무엇을 얼마나 더 하겠나'라는 소리가 들려온다. 비단 나이 탓만은 아닐 것이다. 내 성정 자체가 무언가에 미친듯이 몰입하기보다는 적당한 거리를 두고 관조하는 편에 가까운지도 모르겠다. 성취를 향한 욕망과 유유자적한 삶 사이에서 엉거주춤 서성인다.

그럴수록 내면을 더 깊이 들여다본다. 내 마음 깊은 곳에는 지금이라도 나를 압도할 무언가가 휘몰아치기를 바라는 갈망이 꿈틀대고 있다. 나를 매료시키고, 삶의 모든 에너지를 집어삼킬 만큼 강력한 그 무엇 말이다. 어쩌면 그걸 감당할 자신이 없어 방어기제를 세우고는 열정이 없는 척 나 자신을 속이고 있는지도 모른다.

정신분석의 창시자 '지그문트 프로이트Sigmund Freud'는 서른아홉 살의 어느 날, 친구에게 보낸 편지에서 이렇게 고백한다. "나 같은 사람은 좋아하는 일 없이는, 나를 지배하는 정열 없이는, 즉 압제자 없이는 살지 못하네. 그 압제자가 마침내 내게 왔어. 나는 이제 그 압제자를 섬기는 일에서 절제를 버릴걸세. 그 압제자는 바로 심리학이야.”

그는 그 해에 자신의 대표 저작 중 하나인《히스테리 연구》를 펴냈다. 정신과 의사였던 그는 이때부터 본격적으로 심리학에 몰입하면서 ‘인간 정신의 지도’를 그리고 무의식을 탐험하는 작업에서 혁혁한 업적을 쌓아 나간다.

그는 때로 지치고 짜증나고 혼란스러운 느낌 속에 기진맥진하고 환멸에 빠져 압제자인 심리학에 반란을 일으키기도 한다. 그러나 끝내는 압제자에 충성을 다함으로써 마침내 오늘날 아인슈타인과 더불어 20세기 가장 위대한 과학자로 평가받는다. 아인슈타인이 무한한 외부 우주를 탐색했다면 프로이트는 인간 내면이라는, 더 깊을지 모르는 내부 우주(정신세계)를 탐색한 것이다.

누구에게나 자신만의 압제자가 있을 것이다. 사랑하는 사람일 수도 있고, 예술적 영감일 수도 있으며, 평생을 바쳐도 끝이 보이지 않는 학문일 수도 있다. 압제의 정도는 다를지언정 그게 무엇이든 자신을 꼼짝 못 하게 사로잡아 한계까지 몰아붙이는 존재임은 매한가지일 것이다. 인간은 압제자에게 온전히 굴복할 때 비로소 진정한 자아를 발견하고 생의 절정에 이르는 것이 아닐까.

나는 지금 나의 정원에서 조용히 압제자를 기다리고 있는 것일까. 상담이 나의 압제자가 되어주기를 바라는 것인지, 아니면 또 다른 운명이 나를 덮치기를 기다리는 것인지 모르겠다.

나에게 물어본다. 압제자는 인내하며 기다려야 하는 존재인가, 어디든 헤매며 나 스스로 찾아내야 하는 존재인가. 프로이트에게 심리학은 우연히 찾아온 압제자였을까, 그가 무수한 임상과 고독한 연구 속에서 스스로 찾아낸 것일까.

어쩌면 압제자는 이미 내 곁에 와 있을지 모른다. 상담실에 마주 앉아 심리적 고통을 호소하는 그들이 나의 압제자일지 모른다. 나는 왜 이들을 외면한 채 멀리서 초인 같은 압제자가 나타나기를 기다리고 있는 것인가. 압제자가 꼭 사생결단을 내려는 비장한 모습만은 아닐 것이다. 부드럽고 유유자적한 모습으로

이미 내 곁에, 내 속에 존재하고 있을지 모른다. 내가
미처 알아보지 못하고 있을 뿐.

이미 내 곁에, 내 속에 존재하고 있을지 모른다. 내가
미처 알아보지 못하고 있을 뿐.

그리운
그 사람

아직 10월이건만 정원을 감도는 공기는 벌써 싸늘하다. 계절의 변화는 예고 없이 성큼 다가와 옷깃을 여미게 한다. 두툼한 겨울 조끼를 꺼내 걸치고 정원 한편에 놓인 의자에 몸을 깊숙이 묻는다. 두 손으로 따뜻한 김이 피어오르는 커피잔을 감싼다. 달콤한 믹스커피다. 당뇨 때문에 가급적 단 것을 멀리하지만 오늘처럼 날씨와 마음이 스산해지는 날이면 이 따뜻한 달콤함을 거부하기가 쉽지 않다.

발치에는 때 이른 낙엽이 달려와 뒹군다. 계절이 가져다주는 마음의 허허로움 탓인가. 누군가가 그리워진다. 그 누군가가 누구인지는 모르겠다. 그저 막연한 그리움과 스산함 사이로 어렴풋한 얼굴들이 하나둘 떠오른다. 마음속으로 이름도 불러본다. 지금 내 곁에 머물고 있는 가까운 사람들부터, 세월의 파도에 떠밀려 이제는 이름조차 가물거리는 멀리 떠나간 사람들까지.

이름을 부르면 그들은 차례차례 내 옆자리에 앉는다. 어떤 이는 한참 동안 머물며 온기를 나누고, 어떤 이는 앉자마자 서둘러 자리를 뜬다. 또 어떤 이는 옆에 앉을 생각조차 없다는 듯 냉랭한 뒷모습을 보이며 사라져 간다. 누군가와는 유쾌한 농담을 주고받으며 웃음을 터뜨리고, 누군가와는 세상 돌아가는 이야기에 열을 올린다. 또 어떤 이와는 지난날의 상처를 나누며 다시 마음 아파한다. 말 한마디 없이 그저 눈길만 주고받는 사람도 있다.

수많은 사람이 내 곁을 스쳐 지나간다. 옆자리는 그들의 온기로 잠시 따뜻해졌다가 다시 차가워지기를 반복한다. 이들이 내게 남기고 가는 감정의 흔적은 각양각색이다. 슬픔과 분노, 아쉬움과 애잔함, 후회와 아픔, 편안함과 따뜻함. 이 모든 감정이 가라앉은 자리에 스며드는 것은 공허함이다. 내 인생에 자취를 남기고 떠난 사람들, 그들에게 새겨졌던 나의 감정들이 이제는 공허함으로 남는다. 가슴 깊은 곳에 빈 동굴이 하나 생겨나고 그 자리에 서늘한 바람이 지나가는 기분이다.

그 순간, 누군가 천천히 나에게 다가온다. 아무런 소리도 기척도 없이 조용히 옆자리에 앉는다. 우리는 아무 말 없이 앉아 낙엽이 지는 정원을 바라본다. 말을 섞지 않아도 서로의 기분과 생각이 물 흐르듯 통한다. 내가 지금 무엇 때문에 마음이 허전한지, 무엇을 아쉬워하며 가슴 아파하는지, 어떤 위로를 받고 싶어 하는지 그는 다 알고 있는 듯하다. 그 앞에서 나는 무엇도 숨길 수 없고, 숨길 필요도 없다.

나는 천천히 그를 바라본다. 그는 바로 나 자신이다. 그는 아주 가끔씩 나에게 찾아온다. 아니, 항상 내 곁에, 내 속에 존재하지만 내가 외면하고 있을 뿐이다. 눈을 감아 그를 보지 않고 귀를 막아 그의 말을 듣지 않는다. 그를 직면하기 힘들어서다. 내가 보는 나의 모습은 마음에 들지 않을 때가 많다. 속 좁고, 화 잘 내고, 변명 잘하고, 게으르고, 어리석기까지 하다. 그는 나에게 따지듯 묻기도 한다. 왜 그렇게밖에 할 수 없느냐고. 나는 그런 나를 외면해 버리기 일쑤다.

그러다 오늘처럼 마음속 이런저런 상념들이 지나간 자리, 온갖 감정이 가라앉는 자리, 그래서 마음이 가을 하늘처럼 맑고 투명해지는 자리에서 그를 마주한다. 그는 나의 내면 가장 깊은 곳을 투명하게 보고 있다. 내가 무엇을 부끄러워하는지, 무엇을 자책하는지, 진정한 욕구가 무엇인지 다 알고 있다. 그렇기에 그는 나에게 진정한 위로를 줄 수 있는 유일한 존재다.

지금 나는 정원에 혼자 있다. 그러나 혼자가 아니다. 내가 가장 그리워하는 사람, 나와 함께다.

정원으로 떠나는
일기 여행

　　요즘 내가 쓰는 글이 일기 같다는 생각을 한다. 우선, 일기처럼 거의 매일 쓴다. 그날그날 있었던 일들을 가벼운 마음으로 적어 내려간다. 그때그때 스치는 감정과 생각들을 적절히 섞다 보니 읽는 사람이나 쓰는 나나 일기 같은 느낌을 받는다.

　　그러나 내 글은 결코 일기가 아니다. 나 자신이 아닌 누군가를 향해 쓰는 글이 대부분이기 때문이다. 그 대상은 때로 추상적이지만, 때로는 독자가 구체적으로 상정되기도 한다. 이렇게 쓰인 글들은 온라인 메신저를 타고 외부로 나가 타인에게 닿기도 한다. 결국 나를 떠난 내 글은 '일기 아닌 일기'라고 할 수 있겠다. 대상은 나름대로 선별한다. 글의 내용에 따라 혹여 불편함을 느낄만한 사람에게는 보내지 않는다. 물론 누구에게도 보여주지 않는 진짜 일기도 있다.

어제는 《일기여행》이라는 책을 읽었다. 저자는 캐나다 출신의 문학(특히 일기문학) 전공 교수인 '말린 쉬위Marlene Schiwy'다. 영문과 교수인 나의 사촌 형님이 캐나다에서 저자를 만나 이야기를 나눠 보고는 이 책을 번역 출판했다. 형님이 선물해 준 지는 몇 년 되었으나 책장에 꽂아만 두었다가 어제 갑자기 제목에 이끌려 책장을 넘겨봤다. 400여 페이지를 단숨에 읽어 내려갔다. '일기여행'이라는 제목에는 '일기는 자신과 자기 목소리를 찾아가는 여행'이라는 뜻이 담겨 있다.

우리는 왜 일기를 쓸까. 일기는 어떤 치유 효과를 가질까. 일기는 어떻게 시작되고 어떻게 지속되는가. 저자는 역사적으로 유명한 인물들은 물론, 평범한 사람들의 수많은 일기를 들춰가며 흥미롭게 이야기를 풀어낸다. 정신분석이나 칼 융, 게슈탈트 심리학에 대한 저자의 통찰이 깊어 상담학을 공부한 나에게도 지적인 자극제가 되었다.

저자는 일기를 '성스러운 장소'로 규정한다. '여기서 우리는 자신의 무의식과 대화하고 마음속의 신성한 샘물이 솟아오르는 소리를 들을 수 있다'고 말한다. 일기 쓰기는 '일상의 표피 아래 묻혀 있는 심리적 근원을 향하여 우리를 내던지는 생생한 반성의 과정'이라는 것이다.

저자는 일기 여행에서 진정으로 중요한 것은 자신의 삶을 솔직하고 엄밀한 눈으로 지켜볼 수 있는 의지라고 강조한다. 그런 마음으로 수면 아래의 풍요롭고 신비하며 소란스러운 지하 동굴로 내려가 보면 거기가 바로 우리 삶의 활기가 끓어오르는 곳이라고 말한다. 일기 여행은 목적지가 없다. 도착 지점도 없다. 여행 그 자체가 우리의 집이기 때문이라는 것이다.

저자는 또 일기는 걸어 다닌다고 표현했다. 이 대목에서 나는 웃음이 빵 터졌다. 정말이지 나는 아무 데서나 글을 쓴다. 정원 의자에서, 아내를 기다리는 차

안에서, 전철 안에서. 손가락이 펜이고 휴대폰이 종이다. 정말 나의 일기는 비유적으로나 물리적으로나 걸어 다닌다.

저자는 일기를 쓸 때 자기비판은 제쳐두고 본질적으로 자기 자신을 흥미롭게 바라보라고 조언한다. 만약 자기비판과 자기방어가 번갈아 일어나 괴롭다면 차라리 일기장을 덮고 다른 일을 하는 게 낫다고 전한다. 선과 악, 시是와 비非에 대한 어떠한 판단도 멈추고 자신의 '뮤즈'가 호흡할 공간을 마련해 주라는 권유는 매혹적이다.

나도 '일기 여행'을 계속해 보려 한다. 이 소중한 내면 여행을 공짜로 즐길 수 있으니 얼마나 큰 행운인가. 거기에는 시시비비를 따지거나 나를 깎아내리는 일 따위는 없다. 그곳은 나를 존중하고 소중히 여기는 마음, 그리하여 타인도 품을 수 있는 넉넉한 힘이 길러지는 장소다.

정원이 그런 공간이라고 생각한다. 꽃과 나무를 가꾸고 돌보는 모든 과정은 일상의 삶과 생각을 멈추고 어디론가 사색 여행을 떠나게 한다. 거기에는 일상에서 파생되는 욕심과 분노와 증오가 끼어들 틈이 없다. 그 멈춤 속에서 일어나는 모든 사색은 나의 깊은 곳을 향한다. 거기서 나를 발견하고 위로하며 진정한 기쁨을 느낀다. 일기와 정원은 성찰의 공간인 것이다. 그 공간에서는 자아 성찰과 타인과의 소통, 인내와 사랑과 치유가 싹트고 자란다.

정원에서의 사색 여행은 곧 나의 일기 여행이다. 산 속 깊이 들어갈수록 절경에 빠져드는 여행처럼, 나의 내면 여행도 나의 정원이 푸르러질수록 깊어지리라 기대해 본다.

그저
그곳에 있을 뿐

  정원을 가꾸기 시작하면서 내가 하는 말 속에 정원에 관한 이야기가 많아졌다. 정원에 관한 이런저런 글을 쓰거나 사진을 찍어 가까운 사람들에게 안부 삼아 보내기도 한다.

  어느 날 대학 동기 한 명이 답글로 영미소설《거기 있기Being There》를 소개해 주었다. 우리나라에서는《정원사 챈스의 외출(저지 코진스키, 미래인)》로 번역 출간된 바 있다. 친구는 자세한 내용은 함구한 채 수십 년 전

미국 유학 시절에 재미있게 읽었다는 말만 덧붙였다. 궁금한 마음에 곧바로 책 내용을 검색해 보고는 나도 모르게 "아이고" 소리가 터져 나왔다.

소설의 줄거리는 이랬다. 주인공 '챈스Chance'는 평생을 미국 워싱턴 D.C.의 한 저택에서 정원사로 살아온 인물이다. 그는 세상과 완전히 단절된 채 오직 정원 일만 하며 살았고, 글을 읽거나 쓸 줄도 몰랐다. 그러다 저택 주인이 죽자 등 떠밀리듯 낯선 세상 밖으로 나오게 된다.

세상으로 나온 챈스는 우연히 거물급 사업가 부인의 차에 치이는 사고를 당하고, 그 인연으로 상류층 사람들과 접촉한다. 세상 물정 모르는 그가 아는 것이라곤 평생 가꿔온 정원 뿐이기에 누구를 만나든 대화 주제는 정원과 식물에 국한됐다. 그런데 기묘한 일이 벌어진다. 사람들은 챈스의 단순하고 투박한 말들을 인생의 심오한 진리를 담은 은유로 받아들이기 시작한 것이다. 그는 순식간에 매스컴을 타며 유명 인사가 된다. 급기야 미국 대통령까지 찾아와 경제 상황에 대한 조언을 구하기에 이른다.

챈스는 늘 그렇듯 가까운 사람들에게 정원 이야기를 하듯 덤덤하게 대답한다. "성장에는 계절이 있습니다. 먼저 봄과 여름이 오지만 곧이어 가을과 겨울이 닥치지요. 그리고 다시 봄과 여름이 옵니다."

하나 마나 한 이야기였다. 그러나 대중과 언론은 이 말에 열광한다. 경제 전망에 대한 통찰력 있는 메시지로 해석한 것이다. 내로라하는 전문가들이 챈스의 말 한마디에 담긴 '깊은' 뜻을 분석하느라 머리를 싸매고 부산을 떤다. 챈스는 마침내 부통령 후보로까지 거론된다. 그러나 챈스는 세상의 호들갑과 동떨어져 평소처럼 무덤덤하게 정원, 즉 '거기'를 걸을 뿐이다.

이 소설은 풍자물이다. 주인공 이름이 챈스라는 사실에서부터 풍자의 냄새를 물씬 풍긴다. 얄팍한 대중매체의 가공할 힘과 피상적인 대중의식, 본질 없는 겉이미지 등이 현대 사회를 얼마나 코미디로 만들고 있는지를 실컷 냉소하고 비꼰다.

나의 친구는 왜 수십 년 전에 읽은 이 풍자소설을 지금 나에게 권했을까. 친구는 아무런 설명도 하지 않았지만 나는 짚이는 데가 있었다. 최근 정원 이야기를 자주 하는 내게 친구는 아마 속으로 이렇게 말하고 싶었을 것이다. "네가 정원 이야기를 하면서 세상 이치를 말하려 하는지는 모르겠는데, 글쎄…"

아이고, 들켰구나. 사실 정원 이야기를 쓰다 보면 나도 모르게 특별한 메시지를 담고 싶은 욕심이 생기곤 한다. 아니, 그보다 아무 뜻 없는 이야기라도 누군가 깊은 뜻으로 받아들여 주기를 바라는 약간의 기대가 작용한다. 이것도 일종의 잘난 척이다. 내 글을 읽는 친구는 그 속내를 꿰뚫어 본 것이다.

나는 챈스 같은 사람이다. 정원을 가꾸고 땀 흘리며 소소한 일상을 기록한다. 그저 정원 '거기에 있을' 뿐이다. 진리는 정원의 흙 속에 있을지는 몰라도 내 얄팍한 글 속에 있지는 않을 것이다.

고양아,
고양아

먹이통을 깨끗하게 비운 고양이는 정원을 가로질러 유유히 대문 밖으로 사라진다. 녀석은 꼬리 한 번 까닥하지 않은 채 제 갈 길을 간다. "고양아, 고양아." 정원 의자에 앉아 아무리 불러도 눈길조차 주지 않는다. 하루 두세 번 우리 집에 들러 끼니만 때우고 가는 들고양이라 이름은 없다. 이름이 없으니 정도 없는 걸까.

산자락에 자리 잡은 탓인지 우리 집에는 들고양이

들이 많이 찾아온다. 한 번 발을 들이기 시작하면 대개 몇 달간은 식객 노릇을 하며 정원 구석구석에 제 흔적을 남긴다. 이들에게 먹이를 내어주고 잠자리까지 마련해주지만 집안으로 들이지는 않는다. 들고양이의 야성 때문인지, 혹은 집안에 들이지 않아서인지 녀석들과의 관계는 좀처럼 좁혀지지 않는다. 한번 쓰다듬어 보려고 다가가면 녀석들은 날렵하게 줄행랑을 친다.

그간 우리 집을 거쳐간 고양이는 최소한 수십 마리가 넘을 것이다. 새끼들을 줄줄이 거느리고 와서 잔디밭을 놀이터 삼아 휘젓던 고양이 대가족도 있고, 정원에 아예 살림을 차린 커플 고양이도 있었다. 정원에서 원인 모르게 죽어 나간 녀석도 있다.

숱한 인연 중 유독 가슴 깊이 남은 녀석이 있다. 까만 털이라 '까망이'라는 이름을 지어주었던 고양이다. 까망이는 다른 녀석들과 달랐다. 먼저 다가와 아양을 떨 줄 알았고, 내 다리에 몸을 비비며 친근함을 표시했다. 내가 텃밭에서 일하고 있으면 곁을 떠나지 않았다. 나의 관심과 보살핌은 단연 지극해질 수밖에 없었다.

그러던 어느 날 까망이와 함께 지내던 회색 고양이가 의문의 죽음을 맞았다. 이후 까망이는 눈에 띄게 외로움을 타기 시작했다. 녀석에게 새로운 친구를 만들어주고 싶은 마음에 다른 들고양이들이 오면 정성껏 먹이를 챙겨주었다. 까망이와 친하게 지내라는 뜻이었다.

그런데 얼마 후 까망이가 행방불명되고 말았다. 나는 동네방네 수소문하며 녀석을 찾아다녔다. 그러다 들고양이들을 알뜰히 돌보는 이웃 아주머니로부터 뜻밖의 이야기를 들었다. 산에서 까망이를 봤다는 아주머니는 이런 말을 덧붙였다. "까망이가 다른 들고양이들에게 영역을 뺏겨 산속으로 쫓겨 간 것 같아요. 게다가 집주인이 다른 고양이들에게 잘해주니 얼마나 섭섭했겠어요. 그래서 떠난 것 아닐까요?" 나는 가슴이 아팠다. 좋은 친구들을 만들어주려던 것이었는데 그게 까망이의 가슴에 못을 박았구나. 나에게 심한 배신감을 느꼈겠구나.

집으로 돌아오자마자 몽둥이를 들고 들고양이들을

쫓아냈다. 화가 머리끝까지 치솟았다. '사이좋게 지내라고 잘 대해주었더니 오히려 친구를 내쫓고 네놈들이 주인행세를 해? 이 나쁜 놈들!'

나쁜 고양이들이 우리 집에 얼씬도 못 하게 하면 착한 까망이가 다시 돌아올지 모른다는 일말의 기대가 있었다. 그러나 몇 년이 지난 지금까지 까망이 소식은 알 길이 없다. 아내는 지금도 집 근처에 뭔가 얼씬거리면 "혹시 까망이?" 하며 신경을 곤두세운다. 그 후로 여전히 들고양이들이 우리 집에서 먹이를 먹고 잠을 자지만 관계가 애틋하지는 않다. 아마 나 스스로 까망이와의 의리 때문에 다른 고양이들과 거리를 두는 건지 모르겠다.

대문 바깥으로 사라진 저 고양이도 먹이를 줄 때나 잠시 눈을 맞출 뿐이다. 그래도 매끼 먹이를 얻어먹으면 최소한의 애정 표시는 해야 하는 것 아닌가. 혹시 내심 거리를 두려는 내 마음을 읽은 것일까. 그렇다면 먼저 더 다가와야 하는 것 아닌가.

이런 생각들을 하던 중에 갑자기 뒷골이 서늘해짐을 느꼈다. 내가 혹시 저 고양이와 같지는 않을까, 하는 생각이 스쳤다. 내가 아무리 불러도 고양이는 아무 것도 듣지 못했다는 듯 무심히 사라지듯이, 혹시 이 순간 누군가가 나를 애타게 부르고 있는데 나는 아무 것도 듣지 못하는 것 아닐까. 성경에서는 "귀 있는 자, 내 말을 들을지어다"라고 했건만 나의 귀는 꽉 막혀 있는 것 아닐까. 혹은 못 들은 척하고 있는 것은 아닐 까. 나의 내면에서 울리는 소리는 고사하고 나를 향해 소리 높여 부르는 타인의 소리조차 듣지 못하고 있을 지 모를 일이다.

고개를 들자 고양이가 사라진 정원에 앞산 그림자 가 길게 드리워져 있었다.

친구의 시,
나의 정원

시인과 나는 바다 내음 가득한 부산에서 중·고등학교 시절을 함께 보냈다. 우리는 교내 백일장에서 상을 받기도 하고 학교 교지에 이런저런 글을 싣기도 했다. 그 나이에 문학이 무언지, 시가 무엇인지 제대로 알 리가 있었겠는가. 그저 하고 싶은 이야기를 그럴듯하게 쏟아내거나 유명 시인의 문체를 어설피 흉내내는 수준이었다.

그러나 그건 내 경우였을 뿐 시인은 달랐던 모양이

다. 그의 가슴 속에는 이미 그때부터 시정詩情의 씨앗
이 싹트고 있었음이 틀림없다. 그러지 않고서야 어찌
평생 건축가의 길을 걷다 은퇴하자마자 해마다 시집
한 권씩을 내더니 어느새 다섯 권째에 이를 수 있겠는
가. 더 이상 시 쓰기를 미루다가는 내면의 욕구가 폭
발할 지경이었던 모양이다.

우리는 서울로 대학을 진학하며 진로가 갈렸다. 시
인은 건축학을, 나는 외국 문학을 전공했다. 전공으로
만 따지면 시인이 되어도 내가 먼저 되었어야 마땅하
다. 하지만 문학적 자질이 턱없이 부족함을 깨달은 나
는 언론인의 길을 택했다.

반면 건축의 세계로 나아간 시인은 대기업 임원을
지내면서도 끊임없이 시의 영역에 천착하며 자신만
의 문학 세계를 구축했다. 가까운 친구지만 삶의 태도
와 깊이, 특히 쉼 없이 내면을 탐색해 온 진정성에는
존경과 경의를 표하지 않을 수 없다.

시를 '언어로 짓는 집'이라고들 한다. 나는 친구의
시에 알게 모르게 건축의 미학이 스며 있다고 믿는다.
평생 건축 설계를 업으로 삼아온 친구 아닌가. 다만

일말의 건축학적 소양이 없는 나로서는 그 미학을 당최 찾아내기 어려울 뿐이다.

사람들은 새집을 볼 때 대개 외관만 보기 마련이다. 몇 층인지, 자재는 무엇인지, 정원은 있는지 같은 것들 말이다. 외관만 보고서 그 집의 특징과 주인의 성향을 섣불리 판단하려 든다. 집 내부를 들여다볼 기회가 좀처럼 주어지지 않긴 하지만 안으로 들어가 보지 않고서는 집과 주인의 진면목을 알기 어렵다.

시를 감상하고 이해하려면 시의 외양을 넘어 마땅히 시 속으로, 시인의 내면 깊숙이 들어가 봐야 한다. 나는 그러한 시적 탐색 여행을 안내하기엔 턱없이 부족한 사람이다. 하지만 시인을 어릴 때부터 지켜봐 온 친구로서 그의 시에서 받는 느낌과 감동은 나름의 의미가 있을 것이라 기대하며 감히 시집의 발문 쓰기를 자청하기도 했다.

시인의 시는 '바다'와 '이삭'을 주제로 삼는다. 연작 시집 다섯 권의 제목이 모두 두 단어를 포함한다. 시인의 바다는 단순한 풍경이 아니다. 바닷속에서 살아가는 생명체들의 집합으로서의 바다다. 그리고 그 생명체들이 남긴 흔적으로서의 이삭이 시인의 시 세계와 인생을 관통한다.

시인이 노래하는 바다가 나에게는 정원이다. 바다의 규모와 깊이에는 턱없이 못 미치겠지만 나의 정원 역시 수많은 생명체의 터전이며 그 생명체들이 남기는 흔적인 무수한 이삭들이 새싹으로 부활하는 현장이다. 시인은 노래한다.

'꽃이든 풀이든 새든 짐승이든/ 생겨나는 것들의 경이로운 소리입니다/ 하늘이 그 여린 소리를 축복하듯이/ 살아있는 것들의 아픈 소리를 어찌 그냥 흘려 듣겠어요?'

꽃과 나무들도 새로운 탄생을 위한 산고産故를 겪는구나. 정원은 화려한 색상과 즐거운 노래만 넘쳐나는 곳이 아니구나. 바다가 그렇고, 세상이 그러하듯이 여기에도 소멸과 부활과 탄생의 수레바퀴가 쉴 새 없이 돌아가는구나. 기쁨의 노래가 있는가 하면 진통의 울부짖음도 있구나. 내가 듣지 못할 뿐이구나. 귀를 열고 마음을 열면 들을 수 있을까. 친구 시인의 시에서 나의 정원을 재발견한다.

오두막에서 기다리는
겨울

정원에 오두막 하나를 세웠다. 겨울이 오고 대지에 하얀 눈이 내려앉으면, 이 안에 들어가 따뜻한 커피 한 잔을 손에 쥐고 눈 덮인 세상을 바라볼 계획을 세웠다. 완성된 오두막 안에 들어와 보니 생각했던 것보다 훨씬 더 아늑하고 포근한 느낌이 전해진다. 탁 트인 공간에서 거침없이 산과 들을 바라볼 때와 이렇게 좁은 공간에 몸을 가둔 채 한정된 시야로 자연을 내다보는 느낌이 확연히 다르다. 오두막에서 바라보는 바깥 풍경은 마치 액자 속 그림 같다. 그래서인지 손에 잡힐 듯 가깝고 친밀하게 다가온다.

눈이 내린다면 아마 나는 살림 도구를 챙겨 들고 이곳으로 이사를 오지 않을까 싶다. 벌써 인터넷으로 충전식 전열 난방기를 주문해 놓았다. 난 상상했다. 발밑에 난방기를 놓고, 담요를 어깨까지 두른 채 설경을 바라보며 '시벨리우스 교향곡 2번'을 들을 것이다. 이 곡을 들으면 눈 내리는 북유럽의 광활한 풍경이 눈앞에 펼쳐진다. 그 선율을 타고 저 멀리 눈 덮인 용문산이 내 곁으로 성큼 다가오고, 정원의 억새풀은 눈바람에 휘청거리며 춤을 출 것이다.

그때쯤이면 나는 아마 오두막을 박차고 나가 마당의 눈밭에 대자로 드러누울지도 모른다. 아득한 어린 시절을 떠올리며 시공을 초월한 여행을 하고 있을 것이다. 눈이 내리면 수많은 눈송이를 모두 다 가져보겠다고 이리저리 뛰어다니며 탄성을 지르던 아이의 마음이 세월을 돌아 이곳에 오두막 하나를 지어 올린 것은 아닐까.

오두막을 짓느라 나와 아내는 엄청난 고생을 했다. 3~4m에 달하는 긴 목재 여러 개를 볼트와 너트로 연결해 세우고, 그 위에 천막을 씌우는 작업은 결코 만만한 일이 아니었다. 아차 하는 순간, 기둥은 기우뚱하며 쓰러지기 일쑤였다. 조립 과정을 소개하는 동영상에는 건장한 청년 네 명이 각 모서리를 꽉 붙들고 서서 작업하고 있었다. 그 정도로 힘든 일을 기운 없는 노인네 둘이서 해내려니 오죽했겠는가. 아내는 서울에 있는 두 아들을 불러서 같이 하자고 했지만 나는 기다릴 수가 없었다. 곧 눈이 올지 몰랐다. 게다가 이 오두막은 해외 배송 상품이라 주문하고 이미 한 달을 기다린 터라 내 인내심은 바닥이 나고 있었다.

다행히 아내는 이런 일에 탁월한 요령이 있어 둘이서 근근이 오두막을 세우는 데 성공했다. 꼬박 이틀이 걸려 오두막이 완성되는 순간, 우리 부부는 감격에 겨워 외쳤다. "오, 신이시여! 이게 정녕 저희 두 사람의 작품이란 말입니까!"

오두막은 나에게 단순히 휴식을 위한 텐트가 아니었다. 그것은 세상에서 멀리 떨어져 나와 자연과 마주

할 수 있는 성소聖所이자, 잃어버린 동심을 소환하는 타임머신이 될 것이었다. 나는 기다렸다. 이 조그마한 오두막에서 맞이할 가슴 시리도록 투명할 나의 겨울을.

마침내 오늘 첫눈이 내렸다. 우리 부부는 커피잔을 가지고 오두막으로 들어갔다. 전열기도 켰다. 말없이 먼 산과 정원의 설경을 바라보았다. 잠시 뒤 아내가 말했다.

"저 눈밭에 드러눕는다고 하지 않았어요?"

"눈이 좀 덜 쌓였네. 딱딱하겠는데…."

"그럼 껑충껑충 뛰기라도 해 봐요."

"감기 걸리면 어쩌려고."

우리는 '시벨리우스 교향곡 2번'도 틀지 않았다. 대신 트로트를 틀었다. 내 속에 잠들어 있을 것이라 믿었던, 눈이 오면 눈밭을 뛰고 뒹굴던 어린아이는 어디로 갔단 말인가. 그 아이 대신 내가 직면한 존재는 눈 맞으면 감기 걸릴까 걱정하는 나이 든 노인이었다. 첫눈이 내게 가져다 준 것은 유년 시절의 꿈과 동화가 아니라 피할 수 없는 현실의 한계였다. 그래도 아직 내겐 많은 겨울이 남았으니 기대를 접기에는 이르지 않을까.

정원이
상담소가 될 때

일요일 아침마다 전화를 거는 곳이 있다. 나는 전화기에 대고 어김없이 이렇게 말한다.

"어머니, 주일 아침입니다. 오늘도 주님의 은총이 한가득 내리길 기도합니다."

그러면 어머니의 환한 목소리가 들려온다.

"우리 아들, 고맙다. 아들도 은총 가득 받으렴."

나는 기독교인이 아니다. 반면, 어머니는 독실한 교인이며 교회의 권사다. 어머니는 나를 볼 때마다 주님을 영접하라고 신신당부하신다. 그래야 지금도 잘 살고, 나중에 천국에서도 만날 것 아니냐고 하신다.

나는 기독교 신자는 아니지만 기독교에 대한 호감과 존중을 갖고 있다. 특히 20여 년 전 남편을 여의신 어머니가 오롯이 신앙에 의지하며 건강한 삶을 영위하시는 모습을 지켜보면서 종교의 힘을 믿게 되었다. 그러나 게으름 탓인지 교회로는 좀체 발걸음이 향하지 않는다.

나의 전원주택 바로 곁에 작은 교회가 하나 있다. 그곳 목사님은 몇 년 동안 나만 보면 '영락없는 장로 인상'이라며 추켜세웠다. 하지만 끝내 나를 교회로 이끌지 못하고 얼마 전 세상을 떠나셨다.

어머니는 나더러 입으로만 주님의 은총을 찾지 말고 어서 교회에 가라고 재촉하신다. 그럴 때면 나는 "주일마다 주님의 은총을 기원하는 것 자체가 이미 주님을 영접하고 있는 것 아닌가요?"라고 반문하며 군색한 변명을 늘어놓는다. 완전히 빈말은 아니다. 얼마 전에는 멋진 가죽 양장의 성경과 구약 관련 책도 샀다. 아직 제대로 읽지는 못하고 있지만 말이다.

내가 배운 상담이론에서는 상대에 대한 '무조건적인 수용과 공감'을 가장 중요하게 여긴다. 상담자가 내담자를 평가하고 판단하거나 가르치려 해서는 안 된다. 상대를 무조건 인정하고 공감할 때 치유가 일어난다는 원리다.

하지만 나는 이게 너무나 어렵다. 인간으로서 정말 가능한 일인가 싶기도 하다. 우리는 언제 어디서 누구를 만나든 속으로 그를 평가하기 마련이다. 좋은 사람, 나쁜 사람, 대단한 사람, 형편없는 사람, 특징이 없는 사람…. 평가를 내리고 나면 상대에 대한 태도가 정해진다.

이럴 때 나는 예수님을 떠올린다. '그래, 예수님은 모든 인간을 무조건적으로 사랑하는 분이지.' 내가 기독교를 믿든 아니든, 예수가 실존 인물이고 인류애를 베풀었다는 사실만은 부인할 수 없다. 예수가 인간에게 베푸는 사랑과 은혜는 어떤 행위에 대한 보상으로 주어지는 조건적인 것이 아니다. 인간의 수많은 허점에도 불구하고 존재 자체를 무조건 인정하고 받아들이는 것, 그것은 상담학에서 말하는 '무조건적 긍정적

존중'과 같은 것이라 생각한다.

이 생각은 나를 절망케 하기도 한다. 예수님 정도의 경지에 이르지 못하면 진정한 상담은 어렵겠구나 싶어서다. 그러나 한편으로는 위안을 얻는다. 상대에 대한 무조건적 수용과 이해가 가능하다는 사실을 예수가 보여주지 않았는가. 내가 그 경지에 도달하는 것은 죽었다 깨어나도 불가능하겠지만 그런 경지에 도달 가능하다는 사실만큼은 믿을 수 있다. 우리에게 중요한 것은 목적지에 도달했는지에 대한 여부가 아니라 그곳을 향해 꾸준히 나아가는 성장의 방향과 과정 아닐까.

조용한 일요일 저녁, 정원 의자에 앉으면 이런저런 생각에 정원은 상담소가 된다. 교회가 된다. 어머니의 환한 얼굴이 떠오른다.

베를린 정원에서
마주한 아버지

내가 언론사 특파원으로 독일 베를린에서 일할 때였다. 머나먼 타국에서 지내는 아들을 보러 부모님이 독일까지 오셨고, 일주일가량 머물다 한국으로 돌아가시기 전날 밤이었다. 아버지는 뇌경색 후유증으로 술을 전혀 하시지 못했다. 평소 아들과 단둘이 소주잔을 나누는 성격도 아니었다. 그런데도 그날은 "한잔 할까?"라고 말을 꺼내셨다.

우리는 정원으로 나갔다. 탁자에 독일 맥주를 올려

놓고 아버지와 마주 앉았다. 이런저런 이야기를 나누다 아버지께서 심각한 표정을 지으며 말씀하셨다.

"내가 너희에게 그동안 하지 못한 이야기를 할까 한다. 이제는 너희도 알아야 할 것이야. 특히 너는 기자이니 집안의 역사를 알아야 한다."

아버지는 평생을 초등학교 교육자로 지내온 분이었다. 학생들뿐만 아니라 평소 자식들에게도 매우 엄격한 편이었다. 그런 아버지가 이 정도의 서두를 꺼낸다면 분명 보통 이야기가 아닐 터였다. 정원에는 짙은 어둠이 깔렸고 아버지는 나직이 말을 이었다.

"나는 젊었을 때 좌익이었다."

나는 말문이 막혔다. 도저히 믿기지 않았다. 내가 기억하는 아버지는 성실한 교육자였고, 엄격하기 그지없는 보수주의자였기 때문이다.

"나는 내 자식들이 내가 저지른 잘못을 되풀이할까 봐 평생 노심초사하며 살았다. 그래서 너희에게 아무 말도 할 수 없었다."

자식들이 모두 장성해 각자의 삶을 열심히 살고 있고, 외국에서 이렇게 아들과 마주 앉고 나서야 아버지는 평생을 꽁꽁 봉인해 두었던 과거를 털어놓을 마음의 여유가 생긴 듯했다.

아버지는 20대에 좌익에 가담했다고 하셨다. 당시는 좌익이 판을 치다시피 하던 시절이었다. 교사인 만큼 드러내놓고 활동하지는 않았지만 밤에는 거의 매일 산을 타고 넘어 이 마을 저 마을 다니며 좌익 사상을 퍼뜨렸다. 6·25 전쟁이 일어나기 직전에는 북에서 보내온 예비 군수와 면장 등의 명단을 받기도 했단다.

다행히 아버지의 고향이자 근무지인 경상도 남쪽 지역은 북한의 점령을 아슬아슬하게 피했다. 아버지의 사촌을 포함해 집안사람 중에도 좌익이 많았고 이들은 국군에 의해 처형되기도 했다. 어릴 때 고향에 가면 혼자 사는 집안 아주머니들이 많았던 연유를 그제야 알 것 같았다.

간신히 전쟁에서 살아남은 아버지의 삶은 말 그대로 살얼음판을 걷는 나날이었다. 좌익 활동 경력이 드러나면 인생은 끝이었다. 과거를 꼭꼭 숨겨야 했다. 전쟁 중 좌익의 실상을 보고 크게 후회했던 아버지는 이후 정부 정책을 잘 따르는 교육자로 살았고 학생들에게는 엄격한 선생님이 되었다.

내가 대학에 입학하기 위해 서울로 떠나던 날, 아버지는 나를 앉혀놓고 신신당부하셨다. 절대 데모에 참여하지 말라는 것이었다. 당시는 유신 반대 데모가 대학가를 휩쓸고 있을 때였다. 아버지는 갖은 고생을 하며 아들을 서울대에 보낸 먼 친척을 온 마을이 부러워했는데, 그 아들이 데모를 하다 구속되는 바람에 집안이 풍비박산 났다는 이야기를 해주었다. 그러면서 내 행동 하나가 집안의 운명을 결정짓는다고 거듭 강조하셨다.

내가 신문사에서 노조를 결성하는 데 앞장설 때는 아버지가 직접 서울까지 올라오셨다. 노조 같은 건 절대 하지 말라며 극구 말리셨다. 아버지는 노조를 좌익으로 보셨고, 아들이 당신의 뒤를 따를까 봐 앞뒤 가릴 여유가 없어 보이셨다. 나는 그런 아버지가 답답하게 느껴져 당부를 따르지 않았다.

베를린의 밤이 깊어가고 아버지의 이야기가 길게 이어질수록 나는 아버지의 일생이 너무나 안타까워 가슴이 먹먹해졌다. 젊을 때의 한순간 과오로 인해 평

생을 죄인처럼 살면서 자식들에게까지 당신의 과거
가 이어질까 봐 전전긍긍하며 살아온 한 노인이 지금
내 앞에서, 이국땅에서 회한의 눈물을 흘리고 있었다.
나는 왜 그동안 아버지의 삶에 담긴 처절한 회한과 두
려움을 짐작조차 하지 못한 채 심장에 못을 박는 말과
행동을 해 왔단 말인가.

아버지는 아들이나 조카들이 조금이라도 좌파적
이념을 띤 행동을 하면 안절부절못했다. 교수로 재직
중이던 조카가 입시 부정을 폭로하고 그것이 학생 시
위를 격화시켜 희생자가 발생해 엄청난 시국 사건으
로 비화하자 파면당한 일이 있었다. 아버지는 조카를
설득하고 학교 관계자들을 만나 선처를 호소했지만
효과가 있을 리 만무했다. 당시 아버지의 깊은 한숨과
낙담한 표정을 나는 지금껏 잊지 못한다.

그러나 그때 내가 읽은 아버지의 표정은 겉모습에
지나지 않았다. 아버지의 가슴속에는 당신이 젊었을
때 맹목적으로 추구했던 그 허상이 생생하게 되살아
나면서, 그것이 후손들에게까지 영향을 미치고 있다
는 절망감이 덮쳐왔을 것이다.

베를린의 밤이 깊어서야 아버지는 자리에서 일어나셨다. 평생 아버지 가슴에 맺혔던 응어리가 조금이나마 풀렸는지는 짐작할 수 없었다. 나의 가슴이 메어 아버지의 마음을 살필 여력이 없었기 때문이다.

베를린의 그 밤이 지난 지도 어느덧 30년이 넘었다. 아버지는 베를린에서 돌아온 이후 뇌경색이 악화되어 병상을 전전하시다가 몇 년 후 돌아가셨다.

나는 정원에 앉으면 때때로 베를린 정원에서 마주했던 아버지를 떠올린다. 이제 내 나이가 그때의 아버지 나이에 이르렀다. "아버지…" 조용히 불러본다. 감당키 힘든 고통과 회한을 가슴에 품고도 의연하게 살아야 했던 아버지의 지독한 외로움과 고독이 내 가슴 속에 밀려오는 밤이다.

고추잠자리의
비행

　　이슬이 점차 서리로 변해가는 계절의 문턱
에 서 있다. 엊그제가 24절기 중 찬 이슬이 내리기 시
작한다는 한로寒露였다. 이제 일주일 후면 이슬이 얼
어 서리가 내린다는 상강霜降이 찾아올 것이다.

　굳이 벽에 걸린 달력을 들여다보며 절기를 따지지
않아도, 계절이 무르익어가는 소리가 이미 몸과 마음
의 감각을 통해 들려온다. 해 지는 속도가 점차 빨라
지고, 아침저녁으로 살갗을 스치는 바람의 냉기가 짙

어졌다. 이제 제비들은 먼 강남행 여정을 서두르고, 들판의 곡식들은 찬 이슬을 몸에 감은 채 마지막 결실을 향해 영글어갈 것이다.

시간의 흐름을 시계판과 달력 위가 아니라 자연의 품속에서 느끼는 기분은 참으로 편안하고 아늑하다. 도시의 시간은 직선으로 촉박하게 달려가지만 여기 자연의 시간은 둥글고 여유롭다. 뜨겁던 한여름의 대기는 자취를 감추고 공기는 어느덧 선선하고 청량한 기운으로 바뀌어 있다. 봄과 여름 내내 정원의 주인공으로 군림하던 장미도 이제는 그 화려한 왕관을 국화에게 넘겨줘야 한다.

고개를 돌리면 저 멀리 용문산 너머 하늘이 보인다. 여름날의 하늘이 습기를 머금은 묵직한 구름들의 군무群舞였다면, 가을의 하늘은 투명한 파란색 유리병 같다. 그 하늘 위로 빨간 고추잠자리들이 비행을 시작한다. 그들의 날갯짓은 마치 허공에 그림을 그리듯 우아하고 정교하다. 노릇노릇해지기 시작하는 정원 잔디밭의 소파에 깊숙이 몸을 묻고, 눈 앞에 펼쳐지는 거대한 자연과 시간의 조화를 감상한다.

내 마음은 더없이 고요해지는 동시에 웅장한 떨림을 느낀다. '시간이 흐른다는 것이 나이 듦과 쇠락, 혹은 소멸을 의미하는 것만은 아니겠구나.' 시간과 자연은 결코 나를 무력하게 만들거나 소멸시키기 위해 존재하는 게 아닐 것이다. 오히려 나를 더 깊은 존재로 숙성시키고, 삶의 본질이 닿아 있는 어딘가로 안내하는 것이리라.

나는 지금 어디를 향해 가고 있을까. 시간이란 무엇일까. 시간이 자연을 변화시키는 것일까, 아니면 자연의 변화를 우리가 시간이라는 단위로 측정하는 것일까. 이런저런 상념想念과 사념思念에 젖는다. 생각의 행로는 고추잠자리의 비행처럼 자유롭다.

풀포기 같은
사람

　　연말 모임을 끝내고 집으로 돌아가는 전철 안이다. 평일 늦은 시간, 전철 안은 피곤을 겹겹이 두른 몸들로 가득 차 있다. 사람은 가득한데 생기는 느껴지지 않는다. 사람들은 저마다 아무런 감정도 담기지 않은 표정으로 손바닥 안의 작은 휴대폰을 응시하고 있다. 나 역시 그 중 한 사람이 되어 힘없이 흔들리고 있다.

　　가끔 이렇게 서울에 나와 사람들 속에 섞이면 내가

점차 이방인이 되어가는 느낌이다. 아마 거대한 도시의 심장부와 한적한 시골 마을의 대비 같은 이질감일 것이다. 오늘도 지인들의 재촉이 이어졌다. "이제 그만 시골 생활 청산하고 서울로 돌아와." 시골 생활이 길어지면서 내가 변해간다는 지적도 뒤따랐다. 이런 말도 들었다. "너무 순해져서 꼭 풀포기 같다."

칭찬으로 들리지는 않았지만, 그렇다고 마음이 거북해지지도 않는다. '풀포기…'. 잠시 이 단어를 곱씹어 본다. 나한테 꽤나 어울리는 말 같다. 지금의 내 정체성을 관통하는 묘한 위로처럼 들리기도 한다. 그런데 풀포기가 서울에 온다면 어찌 산담? 흙 한 줌 찾아보기 어려운 콘크리트 더미 어디에 뿌리를 내린담?

오늘도 그랬다. 거대한 인파를 헤치고 지하철을 몇 번씩 갈아타며 숨 막히는 복잡한 거리를 뚫고 약속 장소를 찾아가는 과정이 너무나 불편하고 번거롭다. 몇 년 전까지만 해도 정적인 시골 생활을 하다 서울에 오면 복잡함과 번거로움이 생기와 활기로 여겨졌다. 그러나 이제 서울의 가치가 무엇인지 잘 모르겠다. 사람들은 무엇을 위해 나더러 서울로 돌아오라고 하는가. 서울 집값이 천정부지로 치솟아 돌아가고 싶어도 갈 수 없는 처지인데 말이다. 나는 낙오자인가.

송년회 자리에서 이뤄지는 대화도 점차 나와 멀어져 간다. 중·고등학교 동창 같은 옛친구들과는 정겨운 추억이 주된 화제지만 오늘 만난 사람들은 대부분 사회 각 분야에서 여전히 활약 중인 현역들이다. 이들의 대화 속에 내가 끼어들 여지는 별로 없다. 억지로 끼어들 생각도 없다. 나의 도시적 감각이 점차 퇴화하는 듯하다. 내가 시골에서 너무 편하게, 너무 느리게, 너무 나에게만 집중하면서 살아서인가.

세상은 갈수록 광포해지고, 교묘해지고, 은밀해지는 느낌이다. 세상 소식을 전하는 TV 뉴스에서 눈을 돌릴 때가 점점 많아진다. 정원에 앉아 전원생활이 아름답다고 되뇌어 보지만 때때로 그 소리마저 공허한 메아리로 돌아온다. 이 아늑한 자연 속에 단단히 정착한 줄 알았던 내 삶은 아직도 방황 중인 것일까.

힘들고 피곤한 삶들이 서로의 어깨를 맞대고 있는

늦은 전철 안에서 문득 흘러간 시 한 편이 머릿속을 스친다. 같은 대학, 같은 학과 선배였던 시인이 50여 년 전에 쓴 시다. 〈희미한 옛사랑의 그림자〉. 50년 전이면 어떻고 오늘이면 어떠하랴. 요동치는 세상을 살아가는 보통 사람들의 처지가 뭐 그리 다르다고. 시의 마지막 단락은 이렇게 말한다.

'부끄럽지 않은가/ 부끄럽지 않은가/ 바람의 속삭임 귓전으로 흘리며/ 우리는 짐짓 중년기의 건강을 이야기하고/ 또 한 발짝 깊숙이 늪으로 발을 옮겼다.'

지금 내가 가고 있는 시골 산자락의 뜰은 하나의 세속적 '늪'인가, 아니면 풀포기가 생명의 뿌리를 내리는 '초원'인가.

2장

꽃들의 세계

꽃은 화려한 색채와 향기로만 존재하지 않는다.

겨울의 언 땅을 뚫고 나오는 기개,

때를 기다리는 인내, 다른 꽃과 비교하지 않는 당당함,

낙화하는 순간까지 지켜내는 품격.

눈을 크게 뜨고 마음을 열면

꽃들의 강인한 내면을 만나게 된다.

나는
체로키다!

　　우리 집 정원에서 절대 빠뜨릴 수 없는 주인공을 소개한다. 이름부터 예사롭지 않은 녀석, '체로키 산딸나무'다. 지금은 내 키보다 작아졌지만 원래는 2m가 훨씬 넘는 훤칠한 체격이었다. 지난 겨울, 모진 고난을 이겨내느라 제 몸을 깎아내야 했던 나무는 아직 그 상흔을 품고 있다.

　　체로키의 가치는 돈으로도 입증된다. 근처 화원에서 이 나무를 데려올 때 내가 지불한 가격은 70만 원이었다. 수백, 수천만 원짜리 나무도 있겠지만 70만 원조차 나에게는 큰돈이었다. 애초에 돈으로 정원을 치장할 생각도, 능력도 없었기에 고민이 깊었다. 그러다 정원의 중심을 잡아줄 '대표 나무' 하나쯤은 있어야겠다는 생각에 큰맘 먹고 거금을 투자했다.

내가 산딸나무라는 존재를 처음 알게 된 것은 상담학을 배우러 다니던 평택대학교 교정에서였다. 텃밭을 엎고 정원을 만들기로 결심한 뒤라 어딜 가나 나무만 보였는데, 어느 날 본관 앞 화단에 서 있는 나무 한 그루가 내 눈길을 사로잡았다. 하얀 꽃잎 네 개가 정갈하게 교차한 모습이 무척 인상적이었다. 검색해 보니 산딸나무였다. 꽃잎(실제로는 잎의 변형체인 총포)이 십자가 모양이라 기독교에서는 예수님이 못 박힐 때 사용된 십자가의 나무로 여긴다고 한다.

정원 조성 후 곧바로 단골 화원을 찾았고, 거기서 이 녀석을 만났다. 수형이 기막히게 멋진 나무였다. 우리나라 토종 산딸나무가 아닌 미국 산딸나무의 변종으로 '체로키'라고 했다. 그 이름을 듣는 순간 나는 옛 추억에 젖었다. 젊은 시절 목청 높여 부르던 팝송

〈인디언 레저베이션Indian Reservation〉의 가사가 떠올랐다. "체로키 사람들, 체로키 부족, 자랑스럽게 살다가, 자랑스럽게 죽으리Cherokee people, Cherokee tribe, So proud to live, So proud to die."

미 대륙의 수많은 인디언 부족이 사라졌지만 끈질기게 살아남아 지금도 자신들만의 독자적인 문화를 지켜가고 있는 체로키족이 아닌가. 나무의 이름에서부터 마음을 빼앗겨 버렸다. 가을이라 꽃은 볼 수 없었고 흰색이 아니라 분홍빛 꽃을 피운다는 설명이 있었지만 내 마음을 바꿀 수는 없었다.

화원 사장님이 우리 집에 와서 정성껏 나무를 심어주었다. 겨울에는 혹독한 추위를 견디라고 비닐과 밀짚 등으로 월동 조치를 단단히 해주었다.

그런데 봄이 오고 다른 나무들이 앞다투어 꽃과 잎을 피워내는 와중에도 어쩐 일인지 이 녀석은 새 잎 하나 내지를 않았다. 가지 끝에서 옅은 녹색빛조차 찾기 어려웠다. 매일 새벽 정원에 나가면 이 녀석부터 살피며 생명의 흔적을 찾으려고 눈을 부릅떴다. 옆에 있는 설중매와 꽃사과 등은 벌써 꽃이 피었다 지는 중인데 체로키는 깜깜한 밤중처럼 아무런 기척이 없었다. 화원에 연락했더니 사장님이 와서 보고는 고개를 절레절레 흔들었다. "아무래도 죽은 것 같아요."

그는 자신이 직접 심어준 나무가 죽어 미안했는지 다른 나무로 바꿔주겠다고 했다. 하지만 나는 단호히 거절했다. 죽든 살든 내가 책임지겠다고 했다. 이 나무가 누구인가. 체로키 아닌가. 이렇게 허무하게 죽을 리가 없다! 나는 나무에게도 외쳤다. "너는 체로키다. 자랑스럽게 살고 자랑스럽게 죽는 체로키다. 죽어도 이렇게 죽을 순 없다."

물을 주고 영양제를 뿌려주는 날들이 이어졌다. 상태를 살피며 조심스레 칼로 나무껍질을 긁어 보았다. 칼자국 아래 얼핏 약하디 약한 녹색 기운이 비쳤다. 그러나 이게 생명이 살아나는 표시인지 죽어가는 흔적인지 쉽사리 구별할 수가 없었다. 이미 죽은 가지는 잘라내야 한다. 죽은 부분이 야금야금 잘려 나가 결국 체로키의 키는 1m도 채 되지 않는 모습으로 변했다.

그러던 어느 날 아침이었다. 여느 때처럼 나무를 살피는데, 밑동 쪽에 보일락 말락 한 작은 점 하나가 뽀

족 나와 있었다. 분명 어제까지는 없었던 점이다. 아주 희미하지만 분명한 녹색의 기운이 돌고 있었다. 나도 모르게 함성을 질렀다. 놀라 뛰어나온 아내와 손을 맞잡고 껑충껑충 뛰었다. 눈물이 났다. '생명이라는 게 이런 거구나!'

그렇게 태어난 작은 점 하나가 잎새가 되고 가지가 되어 지금은 왕성한 생명력을 내뿜고 있다. 비록 몸집은 작아졌고 올해 꽃을 피우지는 못했지만 생명력은 어떤 나무보다 웅장하다. 내년이면 눈부신 분홍빛 꽃을 피워낼 것이다. 체로키가 외치는 말을 나는 듣는다.

"나는 체로키다!"

시인의
짧은 생애처럼

"영하 1도예요!"

잠결을 파고드는 아내의 외침에 나는 정원으로 뛰쳐나갔다. 아내의 목소리는 일종의 비상경보였다. 우리는 이즈음 서리가 언제 내리느냐에 신경을 곤두세우고 있었다. 정원의 꽃들 때문이었다. 기온이 영하로 떨어지면 서리가 내릴 터였다. 더구나 오늘은 절기상 첫서리가 내린다는 상강霜降이다.

'드디어 올 것이 왔구나. 서리가 내렸겠지. 꽃들은

무사할까?'

슬리퍼를 꿰신고 뛰쳐나가 바라본 정원 풍경은 예
상대로였다. 어제까지만 해도 초록빛이 푸릇푸릇 남
아 있던 잔디 위에는 하얀 서리가 설탕 가루처럼 내려
앉아 있었다. 몇 남지 않은 꽃들은 약속이라도 한 듯
일제히 고개를 푹 숙이고 있었다.

서리를 기다린다는 뜻의 '대상화待霜花'라는 별명을
가진 추명국조차 실제 서리를 맞고는 기가 완전히 꺾
인 모습이었다. 늦가을의 전령사답게 기세등등 보랏
빛을 뽐내던 쑥부쟁이와 붓들레아도 서리의 습격에
완전히 기운을 잃었다. '절기는 참으로 영험하구나.
시간 흐름에 따른 자연의 변화를 어쩌면 이토록 오차
없이 예고하는가.'

정원을 가꾸는 이에게 상강은 안타까운 이별의 예
고다. 우리 집 정원의 주인공 격인 30여 그루의 사계
장미들에게 상강은 한 해의 마침표를 의미한다. 봄부
터 시작해 가을 끝자락까지 쉼 없이 피고 진다 하여
'사계 장미'라 불리는 이들은 서리와 함께 한 해의 막
을 내린다.

정원에는 미처 피지 못한 몇몇 장미 송이가 아직 남아 있다. 서리 맞은 모습이 마치 주사 맞기를 앞둔 아이들처럼 겁에 질려 덜덜 떨고 있는 것 같다. 미처 피어보지도 못하고 이대로 겨울 속으로 사라져야 하는 걸까.

정원 울타리를 장식하는 장미들은 대부분 독일 육종 회사에서 건너온 독일계다. 흔히 세계 장미 시장은 영국의 데이비드 오스틴이나 프랑스의 메이앙이 주름잡고 있다고 하지만, 나는 독일 문학을 전공하고 독일 생활을 했기 때문인지 독일 장미에 마음이 더 끌린다. 그중에서 내가 유독 애착을 느끼는 장미는 '노발리스Novalis'다.

노발리스는 18세기 후반, 독일 낭만주의를 상징하는 시인의 이름을 딴 장미다. 이 꽃에는 시인의 짧고도 강렬했던 비극적 서사가 흐르고 있다. 20대 초반에 15살의 앳된 소녀와 약혼했지만 그녀는 폐결핵으로 이듬해 세상을 떠나고 만다. 사랑하는 연인을 잃은 노발리스는 깊은 슬픔에 침잠했고, 이후 죽음을 영원한 안식과 사랑의 완성으로 노래하는 작품들을 남겼다.

그러다 자신 역시 27세에 요절하며 전설이 된다.

그의 시 〈밤의 찬가〉처럼 어둡고 깊은 영혼의 색을 닮아서일까. 노발리스 장미는 독특한 보라색을 띤다. 장미의 세계에서 보라색은 흔치 않다. 흔히 보라색은 고귀함과 권위의 상징으로 대접 받지만 나에게 이 색깔은 비극과 신비로움의 이미지로 정착되었다. 노발리스라는 이름이 품고 있는 처연한 서사의 강렬함 때문이다.

서리 맞은 정원의 노발리스는 시들고 축 늘어진 두어 개의 꽃송이를 달고 있다. 보라색 꽃잎은 갈색으로 변해가고 있다. 수명이 다해가는 꽃은 시인의 짧은 생애처럼 애잔하면서 고혹적이다.

이제 정말 꽃들과 작별을 준비해야 할 시간이다. 내년 봄, 시인이 찬미했던 밤이 지나고 대지에 온기가 돌아오면 이들은 더 건강하고 더 아름답고 더 활기찬 생명력으로 나와 재회할 것이다.

비움의
미학

우리 집 정원 한가운데에서는 '불두화佛頭花'가 기품있게 부처님 설법을 설파하고 있다. 이름 그대로 '부처님의 머리' 모양으로 꽃을 피우는 이 나무는 화려했던 꽃들을 모두 내려놓고 우아하게 단풍 든 모습으로 겨울을 준비하고 있다.

이 나무가 왜 불두화라는 이름을 갖게 되었는지는 꽃이 만개했을 때의 모습을 보면 금방 알게 된다. 우선, 꽃의 전체적인 모양이 크고 둥글둥글해 사람의 머리 형상을 닮았다. 여기에 작은 꽃잎들이 촘촘하고 빽빽하게 모여 있는 형태는 영락없이 부처님의 곱슬머리를 연상시킨다.

부처님의 이 독특한 곱슬머리를 불교에서는 '나발螺髮'이라고 부른다. 螺(라)는 소라다. 소라 껍질처럼 돌돌 말린 머리카락이라는 뜻이다. 실제로 불상의 두상을 자세히 들여다보면 소라들이 옹기종기 모여 있는 것 같다. 오월의 햇살 아래 하얗게 피어난 불두화는 나발의 형상을 그대로 재현해 놓은 듯하다. 모양이 하얀 수국과 비슷하다.

불두화는 사찰에서 흔히 볼 수 있는 나무다. 꽃이 피는 시기 또한 부처님 오신 날을 전후한 5~6월에 절정을 이룬다.

꽃의 모양만큼이나 개화 과정도 우리네 인생의 흐름을 닮아 흥미롭다. 처음 꽃망울을 터뜨릴 때는 갓 깎은 어린아이의 머리에서 풍기는 푸르스름한 기운처럼 연초록빛을 띠다가, 만개하면 눈부신 하얀색으로 변한다. 그러다 꽃이 질 무렵이면 다시 누런빛으로 바래간다. 푸른 청춘이 백발의 노년을 지나 흙으로 돌아가는 인간의 생로병사를 꽃 한 송이가 고스란히 보여준다.

지금은 정원이 되었지만 이곳이 텃밭이던 때에는 불두화 곁에 보리수나무가 한 그루 있었다. 빨간 보리수 열매가 가득 열릴 때면 나는 매일같이 그 아래로 달려갔다. 부처님이 깨달음을 얻었다는 보리수 아래서 나는 정작 부처님의 법은 거들떠보지 않은 채 새콤달콤한 열매 맛에 빠져 지냈다. 성인聖人의 고귀한 발자취 곁에서 고작 혀끝의 즐거움만 탐하는 내 모습이 한심하게 느껴지기도 했다.

그러다 어느 날, 부처님이 득도할 때 곁에 있었던 나무가 실은 우리가 아는 보리수가 아니라 '피나무'의 일종이었다는 사실을 알았다. 덕분에 나는 죄책감 없이 보리수 열매를 마음껏 즐길 수 있었다.

보리수가 열매를 주렁주렁 맺는 반면, 불두화는 열매를 맺지 않는다. 원래 백당나무였던 것이 개량되면서 암술과 수술이 퇴화한 '무성화無性花'가 되었기 때문이다. 꽃은 그토록 풍성하게 피워내면서도 뒤에 남길 씨앗 하나 만들지 않는 것은 철저한 공空의 태도인

가. 이 허무한 세상에 어떤 인연의 흔적도 남기지 않겠다는 뜻인가.

보리수나무는 텃밭을 정원으로 바꾸는 과정에서 공간의 제약 때문에 희생자가 되고 말았다. 하지만 불두화는 여전히 그 자리를 지키며 우리 집 정원의 정신적인 지주 역할을 하고 있다.

불두화의 꽃말은 '제행무상諸行無常'이다. 우주 만물은 늘 변하여 한 모양으로 머물러 있지 않는다는 뜻이다. 온갖 꽃들이 피고 지는 화려한 정원의 가운데서 불두화는 조용히 말하고 있다. 세상에 영원한 것은 없으며 변하는 것만이 유일한 진리라고.

불두화의 아름다운 단풍조차 머지않아 낙엽이 되어 흩어지겠지만 그 사라짐을 슬퍼하지는 말아야겠다. 불두화가 가르쳐준 대로, 비어 있기에 다시 채울 수 있고 변하기에 새로운 봄을 기다릴 수 있으므로. 꽃이 진 자리에 열매조차 남기지 않는 그 담백한 침묵 덕분에 우리 집 정원은 한층 더 깊고 아득해진다. 나는 얼마나 비워내야 하는 것일까.

흰 먼지 덮어쓴
방앗간 주인

"귀한 아이니 잘 키워보세요."

지난봄, 단골 화원 사장님이 선물이라며 한 식물을 내밀었을 때 나는 한동안 어리둥절한 표정으로 녀석을 내려다보았다. 생김새가 보통 꽃들과 너무 달랐다. '이게 정말 식물인가? 플라스틱으로 만든 장식품 아니야?'라는 의구심이 들 정도로 외양이 생경했다.

초록의 생기는 온데간데없고 하얀 밀가루를 뒤집어쓴 듯 묘한 외모 때문에 화단의 어느 위치에 심어야 할지 막막해졌다. 결국 '에라, 모르겠다' 하는 심정으로 소나무 밑 바위 옆 구석진 자리에 대충 심어두었다. 그때까지만 해도 이 아이에게 별 관심이 없었다.

녀석은 자라는 모양새도 특이했다. 보통 꽃들이 봄, 여름이면 쑥쑥 자라 꽃대를 올리는 것과 달리 녀석은 가을이 지나서도 처음 왔을 때와 덩치가 비슷했다. 그러니 더욱 자라지 않는 플라스틱 제품 같았다.

그런데 묘한 일이었다. 무심코 지나치다 어느 순간 자꾸 눈에 밟히더니 조금씩 달리 보였다. 점차 녀석의 참모습이 보이기 시작한 것이다. 정말 자세히 보아야 예쁘고 오래 보아야 사랑스러운 존재가 되는 모양이다.

녀석의 이름은 '백묘국白妙菊'이다. 하얗고 묘한 국화라는 뜻이다. '잠깐만, 묘하긴 하다만 네가 정말 그 예쁜 국화라고?' 자세히 살펴보니 녀석의 본색은 초록이었다. 온몸이 하얗고 미세한 솜털로 빽빽하게 덮여 있어 플라스틱처럼 보일 뿐이었다.

서양에서는 이 녀석을 '더스티 밀러Dusty Miller'라고 부른다. 해석하면 '먼지 덮어쓴 방앗간 주인'이다.

하루 종일 밀가루 먼지를 뒤집어쓴 채 방앗간을 지키는 주인의 모습을 닮긴 닮았다. 웃음이 난다.

백묘국은 여름이면 작고 예쁜 노란 꽃을 피운다고 한다. 하지만 우리 집 백묘국은 나에게 하도 괄시를 받은 탓인지 가을이 다 지나가도록 기척이 없었다. 어떤 이는 이 녀석을 두고 '육지에 핀 산호초' 같다고 극찬했다는데 나는 왜 그토록 낯설고 이질적으로만 여겼을까. 그럼에도 녀석은 아무 불평 없이 제 자리를 지키며 내가 눈과 마음의 문을 열 때까지 기다려 주었다.

다행히 백묘국은 다년생이다. 올해는 내가 미처 관심을 주지 못했지만 내년에는 올해 주지 못한 사랑까지 합쳐 듬뿍 줄 생각이다. 하얀 눈이 내리면 이 백묘국이 비로소 보호색을 벗어던지고 어떤 본연의 색을 드러낼지 기대된다. 녀석의 꽃말은 '침묵의 사랑', '수줍은 마음'이다. 겉이 화려하진 않지만 곱고 여린 내면과 잘 어울린다.

백묘국은 상담자인 나에게 작지 않은 의미를 던진다. 상담 현장에서 만나는 내담자 중에는 때로 첫인상이 특이하거나 도무지 속내를 알 수 없는 사람들이 있다. 그럴 때면 선입견 때문에 상대에게 다가가려는 내 마음이 주춤거린다. 하지만 그들 역시 자세히, 그리고 깊이 들여다보면 저마다 하얀 솜털 속에 순수한 내면을 간직하고 있기 마련이다.

정원의 백묘국은 이 겨울을 꿋꿋이 버티고 내년이면 반드시 노란 꽃을 피울 것이다. 나의 내담자들도 침묵의 시간을 견디며 자신만의 꽃을 준비하고 있을 것이다. 내일 아침, 정원에 나가면 하얀 방앗간 주인에게 다정한 인사를 건네야겠다.

앗, 재선충

　　이 집으로 이사 온 첫해, 가을 햇살이 따스하게 내리쬐는 마당에서 오랜만에 망중한을 즐기고 있을 때였다. 이사 온 직후라 할 일이 많았기에 잠깐의 휴식이 참으로 달콤했다.

　　그러던 중, 맞은편 정원의 소나무에서 군데군데 노란 잎들이 보였다. '응? 사철 푸른 소나무에 웬 노란색?' 가까이 다가가서 보니 약간 붉은 기운을 띠는 것 같기도 했다. 갑자기 불길한 생각이 스쳐갔다.

'이거 혹시 재선충 아냐?'

재선충은 단기간에 소나무를 고사시키는 치명적인 병충해로 '소나무의 에이즈'로 불린다. 그도 그럴 것이 길이 1mm 정도의 작은 재선충이 소나무에 침투하면 수분 통로를 막아버려 잎이 붉은 갈색으로 변하며 죽어간다. 발견 즉시 주변 일대의 소나무를 대거 잘라내 태워야 할 정도로 전염 속도가 빠르다.

나는 산림기능사 자격 보유자다. 은퇴 후 산을 가꿔보겠다는 꿈을 갖고 경남 양산에 있는 임업기술훈련원에서 6주간 합숙훈련을 받고 필기와 실기 시험에 합격해 산림기능사 자격증을 취득했다.

이때 알게 된 것이 재선충이었다. 재선충이 얼마나 무서운 병이며 얼마나 확산 속도가 빠른지 잘 안다. 최악의 경우 우리나라 소나무 전체가 전멸할 수 있다는 무시무시한 이야기까지 들었다. 당연히 재선충 감별법도 배웠다. 소나무 잎이 적갈색으로 변하면 일단 의심하고 신고해야 한다. 나는 곧바로 산림청으로 전화를 걸었다.

"여보세요. 우리 집 소나무가 재선충에 걸린 것 같

아요."

"거기 어디에요?"

"경기도 양평입니다."

"소나무가 어떤가요?"

"잎이 노랗고 붉기도 해요."

"양평군에서 항공촬영으로 감시를 하고 있을 테니 너무 걱정하지 않으셔도 됩니다."

"재선충은 하루가 급하잖아요. 당장 무슨 조치를 취해야지요. 전 산림기능사입니다."

"오늘은 일요일이라 담당자가 안 계시니 일단 접수해놓고 내일 확인하도록 하겠습니다."

나는 속이 타들어갔다. 급한 마음에 이전에 살던 집주인한테 전화를 했다. 소나무가 전에는 어땠는지 알아보기 위해서였다. 전 주인은 자기도 잘 모르겠다며 그간 정원을 관리해 온 정원사 연락처를 알려주었다.

"집을 새로 산 사람인데요. 소나무가 재선충에 걸린 것 같아요."

"예? 어떤데요?"

"잎이 붉어요."

"정확히 어떤 색이에요?"

"노란색이 많고 일부는 좀 붉어요."

"혹시 잎 전체가 그런가요?"

"전체는 아니고 아랫부분이 좀 그래요."

"그럼 걱정하지 마세요. 가을이니 소나무도 단풍이 드는 겁니다."

나는 뒤통수를 세게 한방 맞은 기분이었다. 정신이 번쩍 들었다. 소나무는 사철 푸른 상록수지만 단풍도 든다. 갈색으로 변해 떨어지기도 한다. 그걸 경상도에서는 '갈비'라고 했다. 나도 어릴 적에 그걸 긁어모아 땔감으로 쓰지 않았나. '반풍수 집안 망친다'는 말이 틀린 말이 아니다. 산림기능사랍시고 재선충에 대해 좀 안다고 이 난리를 쳤으니 얼굴이 화끈했다.

가을이 무르익어가는 요즘, 우리 집 소나무는 변함없이 잎이 약간 노래지기도 하고 붉어지기도 하면서 나를 놀려대는 것 같다. 나는 빙그레 웃는다.

발밑의
초록 사치

우리 집 정원에서 가장 넓은 면적을 차지하는 식물이 잔디다. 전체 면적 300평 중 200평이 훌쩍 넘는다. 좀 과장하자면 초록 바다 같다.

우리 집에 처음 오는 손님들은 잔디밭을 보고 하는 첫마디에 따라 두 부류로 나뉜다. 대개는 "이야, 멋있다"라고 감탄하지만 또 다른 사람들은 "고생 좀 하겠다"라며 안타까워한다. 후자는 잔디 좀 키워본 사람들이다. 당연히 나는 전자가 듣기 좋다. 멋있다고 해주면 어깨가 올라간다.

내가 잔디의 매력에 빠진 것은 40여 년 전, 독일 특파원으로 베를린에 살던 시절이었다. 당시 여덟 가구가 모여 사는 3층짜리 연립주택에 살았는데, 널찍한 공동 정원 대부분이 초록 잔디밭이었다. 유럽의 널따란 가정집 잔디밭을 사진으로만 보다가 실제로 접하니 너무 멋있었다. 아이처럼 잔디밭에서 껑충껑충 뛰고 뒹굴고 싶었다.

나는 1층에 살아서 잔디 깎는 일을 도맡다시피 했다. 덕분에 평소 김치나 된장 냄새가 난다며 코를 찡긋거리던 독일 이웃들도 나의 쓸모를 알아보고 엄지를 치켜세웠다.

귀국 후 양평에 주말 주택을 마련했을 때 가장 먼저 한 일도 마당을 갈아엎고 잔디를 까는 것이었다. 독일에서 기초를 다졌다고 자부했지만 한국의 잔디와 잡초는 호락호락하지 않았다. 잔디인지 풀인지 구별하는 데만 한참이 걸렸다. 그러나 끈질기게 풀을 뽑아낸 덕에 나중에는 손님들 앞에서 "우리 집 잔디밭에서 잡초 하나라도 찾아내면 상금을 주겠다"라고 큰 소리칠 정도가 되었다.

현재 사는 이 집에서도 잡초를 열심히 뽑아낸 나는 잡초가 거의 없다고 자부한다. 하지만 그만한 대가를 치러야 했다. 이곳으로 이사 온 지 3년쯤 됐을 때 어깨 통증이 심해 시내에 있는 정형외과를 찾았다. 도수 치료를 해주던 물리치료사가 물었다. "어쩌다 어깨를 이렇게 다치셨어요?" 나는 짐작 가는 대로 대답했다. "글쎄요. 잔디밭 잡초를 열심히 뽑은 것밖에는 없는데…." 그러자 치료사가 웃으며 말했다. "아, 양평에 이사 오면 누구나 처음에는 즐겁게 잡초를 뽑으시죠. 그러다 3년쯤 되면 어김없이 저희 병원으로 온답니다. 호호호."

내 어깨는 예전보다 단단해졌다. 무작정 힘으로 잡초를 뽑던 초보 시절을 지나 요령이 생긴 것이다. 이제 잡초를 뽑을 때는 천천히 여유를 갖는다. 이름 모를 풀을 발견하면 사진을 찍어 식물 이름 찾기 앱이나 AI에게 물어본다.

좁쌀만 한 노란 꽃이 피는 괭이밥의 이름도 그렇게 알게 되었다. 잔디밭 잡초 중에는 유독 '별' 자가 들어

가는 이름이 많다. 별꽃, 쇠별꽃, 개별꽃… 자세히 들여다보면 정말 작은 별들이 땅에 내려앉은 듯 예쁘다.

문득 궁금해진다. '얘들이 왜 잡초지? 이렇게 예쁜 이름이 있는데. 내가 모른다고, 깨끗한 잔디밭에서 눈에 거슬린다고 내 마음대로 잡초라 부르며 뽑아도 되는 걸까.' 이런 상념에 잠겨 풀을 뽑다 보면 어느새 소쿠리가 가득 찬다. 나에게 잡초 뽑기는 노동이 아니라 훌륭한 운동이자 명상이다. 그러니 잔디밭에 제초제를 뿌리는 일은 상상할 수 없다.

우리나라 전통 정원에는 잔디를 심지 않았다고 한다. 자연과의 조화를 중시한 조상들은 잔디를 인위적인 재료로 보았던 모양이다. 궁궐에서도 잔디를 찾기 어려운 이유다. 대신 잔디는 산중 묘지를 덮는 데 쓰였다. 오랫동안 죽은 자의 평안을 지켜주던 잔디가 이제는 세속으로 내려와 산 자들과 어울리고 있는 셈이다.

유럽에서는 잔디가 중세부터 부와 권위의 상징이었다. 마당에 깔린 잔디는 곧 귀족이라는 표시였다. 잔디는 그야말로 '발밑의 초록색 사치'로 여겨졌다.

잔디는 늙지도 죽지도 않는다. 생장점에서 끊임없이 새로운 개체를 만들어내는 영년생永年生 식물이다. 오랜 동안 정원의 가장 낮은 자리에서 발길에 밟히면서도 모든 꽃과 나무의 멋진 배경이 되어준다. 자기를 한껏 낮추어 다른 존재를 빛나게 하는 내공을 내가 흉내라도 낼 수 있을까.

잡초에서
귀족으로

대부분의 꽃과 나무가 점차 기력을 잃고 몸을 웅크리는 계절이 와도 오히려 기세등등하게 고개를 드는 녀석들이 있다. 화려한 꽃잎도, 향기도 없지만 가을바람에 몸을 맡긴 채 서걱서걱 소리를 내는 '그라스Grass'다.

본래 이들은 야생 풀이었다. 녀석들이 들으면 서운하겠지만 길가나 들판 어디에서나 발에 치이는 풀임에 틀림없다. 원예학적 명칭인 그라스라는 이름은 이들이 정원의 당당한 일원이 되면서 얻은 일종의 '작위'와 같다.

정원에 심어놓고 잡초라고 부를 수는 없으니 굳이 영어 이름을 붙여주었지만 여전히 풀은 풀이다. 끈질긴 생명력과 야성적인 기질이 변한 것도 아니다. 어찌하여 이 풀들이 정원의 요지를 차지하게 되었을까. 요즘은 그라스를 모르면 정원이니 원예니 하는 말을 꺼내기가 어려울 지경이다.

정원 디자인에 자연주의 사조가 스며들면서 들판의 잡초는 정원의 귀족으로 극적인 신분 상승을 하게 된다. 변화의 중심에는 1980년대 후반, 독일과 네덜란드에서 시작된 '뉴웨이브 플랜팅New Wave Planting' 운동이 있다.

이 운동의 선구자인 정원 디자이너 '피트 아우돌프Piet Oudolf'는 인위적으로 가꾼 화려한 정원 대신 자연의 생태 질서 그대로를 정원 안으로 끌어들였다. 그는 식물의 가치를 꽃의 화려함에만 두지 않았다. 꽃이 지고 난 뒤 잎의 질감, 마른 줄기의 형태, 바람에 흔들리는 실루엣, 그리고 겨울 서리를 머금은 씨앗의 맺음까

지 식물의 구조적 아름다움을 새롭게 조명했다. 그로 인해 억새를 비롯한 수많은 야생 풀들이 정원으로 초대받았다.

그라스는 꽃이 사라진 빈자리를 메우는 조연이 아니라 정원의 사계절 풍경을 완성하는 주연으로 거듭났다. 억새풀 같은 길쭉한 풀들이 가을바람에 물결치고 겨울날 황금빛으로 변해 서리를 맞는 모습은 오직 그라스만이 보여줄 수 있는 품격이다. 덕분에 정원은 끊임없이 흐르고 변화하는 자연 그 자체가 된다.

시중에는 원예용으로 개량된 그라스 종류가 셀 수 없이 많다. 이름 또한 영어인지 네덜란드어인지 생소하다. 다행히 우리 집 정원의 두 그라스는 정겨운 우리말 이름을 가졌다. 하나는 잎 가장자리가 선명하게 붉은 홍띠이고, 다른 하나는 잎에 하얀 선이 곱게 그어진 '흰무늬 억새풀'이다.

꽃들의 기세가 한풀 꺾인 계절에 이들의 존재감은 더욱 빛난다. 녀석들은 나에게 나지막이 말하는 듯하다. 세상에 무가치하거나 하찮은 것은 하나도 없다고, 모든 것은 바라보는 이의 시선과 마음에 달려 있다고

말이다. 세상 모든 존재는 귀하게 대해주면 그만큼
귀한 존재가 된다고 정원의 풀은, 아니 그라스는 내게
속삭이고 있다.

모래알 같은
존재

주위가 어둑해진다. 이제 나도 정원에서 집 안으로 퇴근할 시간이다. 오늘은 온종일 정원 풀을 뽑고 잔디밭 곳곳에 모래를 뿌려주었다. 잔디가 성기거나 움푹 파인 곳마다 하얀 모래를 덮어주었다. 파란 잔디밭에 마치 어린아이 까까머리의 허연 버짐이 핀 듯해 그리 아름답진 않다. 하지만 나는 안다. 내년 봄이면 이 버짐 같은 모래 틈 사이로 새순이 힘차게 돋아나 정원을 빈틈없이 새파랗게 메울 것임을.

잔디에 왜 모래가 필요할까. 영양분도, 온기도, 수분도 없는 완전한 무기질인 모래가 잔디에게는 왜 영양 가득한 유기질 비료만큼이나 절실한 존재일까.

식물은 흙이 딱딱하게 굳어 물과 공기가 통하지 않으면 죽게 마련이다. 흙이 지나치게 기름지기만 하거나 찰기가 강해 틈이 사라지면 뿌리는 숨을 쉬지 못하고 썩는다. 이때 모래가 흙 속에 섞이면 마법 같은 일이 일어난다. 작고 단단한 모래 알갱이들이 흙 사이사이에 박혀 물과 공기가 드나들 수 있는 미세한 틈을 만들어내는 것이다. 흙은 물을 움켜쥐고 놓아주지 않지만 모래는 물을 미련 없이 흘려보낸다. 이를 배수성排水性이라고 한다. 배수가 되지 않는 곳에서는 식물이 자랄 수 없다.

또 모래는 식물을 강하게 만든다. 모래가 많은 땅은 영양이 부족해 뿌리가 더 깊고 멀리 뻗어야 하기 때문이다. 사막에서는 모래 덕분에 식물이 강해지고, 모래는 식물의 뿌리 덕분에 흩어지지 않고 언덕을 이룬다. 모래와 식물의 완벽한 조화라고 할 만하다. 겉보기에 생명을 잇기 힘든 척박한 환경이어서 상생이 어려울 것 같지만 둘 사이에는 숨겨진 생명 작용이 일어나는 것이다.

모래가 만드는 미세한 틈이 식물에게는 호흡의 통로가 된다. 모래는 스스로 자양분이 되어주지는 못하지만, 다른 생명이 숨 쉬고 자랄 수 있도록 공간을 내어준다. 모래는 자신의 어떠한 특성도 고집하거나 내세우지 않는다. 다만 단단하게 제 자리를 지키며 소통과 융통의 공간을 확보할 뿐이다.

모래는 작디작기 때문에 유용한 존재다. 아무런 영양가도, 수분도 머금고 있지 않기에 역설적으로 생명체에 필수적인 존재가 된다. 한낱 무기질에 불과한 알맹이지만 다른 물질들과 섞이면서 생명을 유지해 주고 거대한 건축물을 지탱하는 단단한 뼈대가 되기도 한다.

모래를 만지면서 생각해 본다. 나도 모래같은 존재가 될 수는 없을까. 이제 나이가 들어 활력도, 영향력도 없는 무기질 같은 처지가 되었다. 그러나 그렇기에 오히려 주위 사람들과 섞여 정과 공감, 친밀감이 흐르는 소통의 틈을 만들 수 있지 않을까.

상담을 할 때도 마찬가지다. 나의 얕은 지식이나 경험을 내담자에게 주입하며 영향력을 행사하려 들기보다 상대의 굳어버린 마음속에 모래알처럼 스며들어 생각과 감정이 자연스럽게 흐르도록 돕는 모래 같은 상담자가 되고 싶다. 이게 얼마나 어려운 일인지는 충분히 체감하고 있다.

나는 그동안 상담을 많이 하진 못했다. 대학원에 다닐 때 몇 번 해본 실습과 졸업 후 대학상담실에서 재학생을 상대로 한 상담이 고작이다. 그마저도 대부분 내담자의 문제를 빨리 해결해주고 싶은 조바심을 떨치지 못한 채 설교 같은 상담으로 끝나고 말았다. 나의 상담 모습을 떠올리면 뿌듯함보다는 부끄러움이 앞선다. 스스로 자생할 힘을 서서히 길러주는 모래 같은 존재보다 당장 많은 영양분을 공급하는 비료 같은 존재가 되려고 한 탓이 크다.

세상 사람들은 화려한 꽃을 피워내는 영양가 풍부한 비료를 원하지만 정작 식물을 살리는 것은 발밑에 깔린 모래알이다. 나는 모래 같은 존재이고 싶다. 굳어버린 관계 속에 부드러운 숨구멍을 내어주는 그런

단단하고 작은 존재 말이다. 있는 듯 없는 듯하면서,
없어서는 안 되는 그런 사람이고 싶다.

단단하고 작은 존재 말이다. 있는 듯 없는 듯하면서,
없어서는 안 되는 그런 사람이고 싶다.

추억의
꽃밭

　우리 집 정원 한구석에는 '추억의 꽃밭'이 자리 잡고 있다. 이곳에는 봉숭아, 과꽃, 칸나처럼 이름만 들어도 왠지 아련해지는, 내 어린 시절의 추억이 고스란히 담긴 꽃들이 심어져 있다.

　이 꽃밭은 우리 집 정원의 주류는 아니다. 정원의 중심부, 이른바 '메인 스테이지'에는 화려한 장미와 우아한 추명국, 탐스러운 수국들이 자리하고 있다. 그 화려한 멤버들 중에 시골 출신인 내가 추억할 만한 꽃은 찾아보기 힘들다. 에키네시아, 붓들레아, 꿩의비름 같은 꽃들은 내게 이름조차 생소하고 낯설다.

어떤 나무를 심을지 정하는 것은 나의 권한이지만 꽃 같은 초화류草花類의 선택권은 아내에게 있다. 천성이 도시형인 아내가 오직 내 고집 때문에 이런 시골까지 내려와 살아주는 게 고마워 정원의 주도권을 온전히 아내에게 헌정했다. 아내는 거의 매일 유튜브와 책을 뒤지며 정원을 수놓을 꽃들을 고른다. 대개는 세련되고 이국적인 신품종들이다.

어느 날 내가 조심스레 봉숭아를 좀 심어보는 게 어떻겠냐고 제안했는데 아내는 한마디로 거절했다.

"정원 분위기랑 안 어울려요."

그렇다고 포기할 수는 없었다. 어린 시절에 부르던 〈봉숭아〉 노래를 불렀다.

"울 밑에 선 봉숭아야. 네 모양이 처량하다."

가사처럼 정말 봉숭아가 처량하게 여겨졌고 나를 애절하게 부르는 것 같았다. 이 노래가 어떤 노래인가. 한국 음악사에서 우리 손으로 만든 첫 번째 가곡이자 일제 강점기에 항일 정신을 고취한다며 부르지 못하게 금지했던 노래 아닌가.

생각 끝에 메인 정원과는 동떨어져 있고 습기가 많아 사실상 방치되었던 구석진 땅에 새 흙을 부어 나만의 화단을 만들었다. 그곳에 봉숭아와 과꽃, 다알리아 등의 씨앗을 뿌리고 옆집에서 얻어온 칸나 구근을 심었다. 이름하여 '추억의 화단'. 이곳에 나의 어릴 적 추억이 담긴 꽃들을 모두 불러 모았다. 아내의 세련된 정원이 현재의 우리를 드러낸다면, 나의 구석진 꽃밭은 과거와 추억을 간직하는 곳이 되었다.

봉숭아꽃들이 피어났을 때 나는 아내에게 손톱에 물을 들여보자고 꼬드겼지만 아내는 고개를 저었다. 어릴 적에도 나는 사내아이라는 이유로 봉숭아 물들이기 행렬에 끼지를 못했다. 그렇다고 이제 와 나이 들어 혼자 물들이기도 주책스러웠다. 아무래도 봉숭아 물들이기는 평생 물 건너가는 모양이다. 그래도 봉숭아는 가만히 보고만 있어도 요즘 꽃들이 주지 못하는 친숙함을 나에게 흠씬 안긴다.

과꽃이 활짝 피었을 때는 그 옆에서 〈과꽃〉을 목청껏 불렀다.

"올해도 과꽃이 피었습니다. 누나는 과꽃을 좋아했지요."

대여섯 살 때인가. 형, 누나와 함께 시골 동네 한의원의 담장 안 꽃밭을 넘겨다 보며 기웃거리다 나이 든 한의사에게 쫓긴 적이 있다. 형은 날쌔게 달아났는데 두 살 위 누나는 자기보다 덩치가 큰 나를 등에 업고 뒤뚱거렸다. 절체절명의 위기 속에서도 끝까지 동생을 챙기던 누나의 따뜻한 등이 과꽃 위로 겹친다.

칸나는 또 어떤가. 시골 소년에게 이국적인 정취와 동경을 잔뜩 불러일으키던 강렬한 빨간색 꽃과 늘씬한 줄기, 게다가 먼 외국의 소녀를 연상시키는 이름까지. 그래서 나는 칸나가 너무나 귀해 보였고 가까이 다가가기 어려운 경외심까지 느꼈다.

그런데 얼마 전 아내가 추억의 화단에 흙을 더 쌓아 올리고 경계석도 박아 훨씬 멋진 공간으로 만들어 보자고 했다. 나는 금세 눈치를 챘다. '좋아할 일이 아니다.' 내가 물었다.

"근데 꽃은 무얼 심으려고?"

"생각해 둔 게 있어요. 하여튼 봉숭아는 좀 그래."

'그러면 그렇지. 결국은 추억의 화단에서 봉숭아와 과꽃을 내몰고 멋지고 세련된 꽃들을 들이겠다는 것 아닌가.' 나는 단호하게 말했다.

"아니. 절대 안 됩니다. 여기는 나만의 성지입니다."

추억의 꽃밭은 단순히 꽃을 심어놓은 땅이 아니다. 이곳은 내가 어린 시절의 나로 돌아갈 수 있는 통로다. 좀 거창하게 말하자면 나라는 사람의 뿌리와 근원이 배어 있는 불가침의 영역이다. 이 넓은 세상에서 내가 오롯이 나에게만 허용할 수 있는 작은 공간이다.

귀공녀를 모시는
집사

우리 집 정원의 수많은 꽃 가운데 압도적인 화려함으로 나의 눈길을 단번에 사로잡아버린 녀석이 있다. '정원의 귀공녀'라고 할만한 아마릴리스다. 사람이나 꽃이나 화려한 것을 부담스러워하는 내가 이토록 화려함의 극치를 달리는 꽃에 마음을 뺏길 줄은 몰랐다.

시골 태생인 나는 본능적으로 흙냄새 나는 소박한 것들에 편안함을 느끼고, 제멋대로 자란 들꽃에 정이

간다. 겉모습이 화려하면 왠지 모를 거부감이 들곤 한다. 그래서인가, 나는 백합을 별로 좋아하지 않는다. 그 어중간한 화려함이 마뜩잖아 우리 집 정원에는 백합 한 뿌리도 허락하지 않았다. 대신 수선화의 소박한 모습에 끌린다. 당연히 수선화는 많다.

그런데 아마릴리스는 나의 취향을 정면으로 반격했다. 정원 관련 책자에서 처음 이 꽃을 보았을 때 '이렇게 화끈하게 화사한 꽃이 있구나' 하고 놀랐다. 압도적인 화려함은 거부감마저 몰아내는 모양이다. 곧장 인터넷으로 구매했다.

처음엔 이름을 보고 '아마'도 '릴리lily'겠거니 생각했다. 꽃 모양도 백합과 비슷해 백합과인 줄 알았다. 백합에 마음을 뺏기다니 나도 별수없이 화려함에 끌리는 성향이구나 싶었다. 하지만 녀석은 반전의 계보를 갖고 있었다. 백합이 아니라 수선화과에 속하는 것이었다. '이렇게 눈부신 꽃이 수선화라고? 역시, 너는 내 계보였구나!'

아마릴리스는 남미 안데스산맥과 브라질, 페루, 멕시코 등이 고향이다. 뜨거운 태양 아래서 응축된 에너

지가 이토록 강렬한 색채와 자태를 뿜어내는 것이리라. 학명인 '아마릴리스 벨라도나Amaryllis Belladonna'는 그리스 신화 속 양치기 소녀의 이름에서 유래했다. 한 목동을 좋아했던 소녀는 그의 사랑을 얻기 위해 자신의 심장을 바쳐 꽃을 피웠다. 그 꽃이 바로 아마릴리스다. 꽃말은 '눈부신 아름다움'과 '자부심'이다. 꽃말마저 대놓고 잘난 척하는 품새임에도 이상하게 밉지가 않다. 또 다른 꽃말은 '침묵', 아마 새침데기의 면모를 다르게 표현한 것이리라.

아마릴리스는 화려한 외양 못지않게 성격도 매우 까다롭고 도도하다. 노지에서 비바람 맞으며 억척스레 자라는 것을 단호히 거부한다. 아름다움에 걸맞는 대접을 요구하는 것이다. 알맞은 크기의 화분에 구근을 심고, 배수가 잘되는 흙과 충분한 영양분, 주인의 세심한 보살핌이 있어야만 비로소 그 귀한 꽃을 보여준다. 나는 녀석의 이런 도도함이 오히려 마음에 든다. 귀공녀를 모시는 심정으로 수십만 원을 호가하는 나의 고급 철제 벤치를 기꺼이 녀석의 받침대로 내주었다.

아마릴리스는 겨울을 나기도 여간 까다로운 게 아니다. 아열대 태생이라 한국의 매서운 추위에 속수무책이다. 조금만 방심해도 구근이 얼어 터지거나 썩어 버리기 쉽다. 첫서리가 내리던 날 가장 먼저 아마릴리스 화분부터 챙겨 재빨리 집에서 가장 따뜻한 방으로 옮겼다.

겨울 동안 아마릴리스는 휴면에 들어간다. 하지만 주인의 눈길까지 쉬어서는 안 된다. 방 공기가 너무 습해도, 너무 건조해도 안 된다. 그 미묘한 균형을 지켜줘야 이듬해 봄에 찬란한 꽃을 다시 볼 수 있다. 예쁜 것들은 정말 예쁜 값을 하는 모양이다.

가을을 밝히는 꽃

여름내 정원을 지배하던 꽃들의 기세가 한풀 꺾이면 정원도 잠시 숨을 고른다. 그러고 나면 가을 정취를 듬뿍 품은 가냘프고 하늘하늘한 줄기 군단이 등장한다. 가을 정원의 주인공, 추명국이다.

이름부터가 가을 그 자체다. 가을秋을 밝히는明 국화菊. 이름만 들으면 국화의 일종이라 생각하기 쉽다. 하지만 추명국은 국화과가 아니라 미나리아재비과에 속하는 아네모네의 한 종류다. 그래서 서양에서는 '가을 아네모네Autumn Anemone'라 부른다. 우리나라에서는 '가을바람꽃'이라고 부르기도 한다. 어떻게 불리든 가을이 빠지지 않는다.

추명국은 생긴 대로 성격도 꽤 까다롭고 섬세하다. 온종일 햇볕이 쨍쨍 내리쬐는 양지는 질색한다. 그렇다고 빛이 아예 없는 음지를 좋아하는 것도 아니다. 적당히 해를 가리고 바람이 잘 통하는 반양지를 선호한다. 그러나 가냘픈 겉모습과 달리 내면의 힘이 강하고 번식도 맹렬해 군락을 이루기도 한다.

이 까다로운 가을 귀객을 위해 볕이 적당히 드는 장소를 물색해야 했다. 최적의 장소로 삼색 복숭아나무 아래가 선정됐다. 우리집 삼색 복숭아나무는 한 나무에서 빨강, 분홍, 흰색의 세 가지 꽃이 피는 희귀종이다. 꽃이 피면 지나가는 행인들이 어김없이 걸음을 멈추고 감탄한다. 이 귀한 나무가 만들어주는 그늘에 추명국을 모신 것이다.

복숭아나무 그늘은 나에게도 각별한 공간이다. 여름이면 소파에 파묻혀 커피 한 잔에 책을 읽거나 음악을 듣고, 얼굴을 스치는 시원한 바람에 스르르 낮잠을

청하는 비밀 아지트 같은 곳이다. 추명국은 내 옆에서 여름을 함께 보내며 멀쑥하게 키를 키웠다. 가까이서 매일 보니 자연히 물도 자주 주고 특별 관리를 하게 되었다. 내 정성에 보답하듯 녀석들은 씩씩하게 자라나 하나둘 꽃망울을 터뜨리기 시작했다.

추명국은 묘한 매력을 갖고 있다. 가냘픈 키가 가을 바람에 파르르 떨리는 모습은 애처롭기보다는 오히려 강단이 있어 보인다. 꽃은 화려한 듯 수수하다. 아네모네가 그리스 신화 속 아프로디테와 아도니스의 슬픈 사랑 이야기를 품고 있듯이 추명국의 연분홍 꽃에서도 애조가 느껴진다. 가을꽃답다. 아내가 평소 조용한 친구에게 "너는 꼭 추명국 같아"라고 했더니 그 친구는 우리 집 정원에 와서 추명국을 보고는 조용히 웃었다.

지금 정원에는 많은 꽃들이 지고, 뒤를 이어 수많은 추명국 꽃망울이 개화할 차례를 기다리고 있다. 추명국의 기품이 수놓을 가을 정원은 사색과 향기의 공간이 될 것이다.

겨울꽃의
품격

　　점심을 먹자마자 외투를 걸치고 정원으로 나왔다. 평소라면 느긋하게 산책했겠지만 오늘은 마음이 조금 급하다. 잔디밭 위를 천천히 달리기 시작한다. 조금씩 속도를 높여 보지만 그저 빨리 걷는 수준이다.

　　나름대로 운동 강도를 높여 보는 것은 최근 혈당 수치가 높게 나와서다. 원인은 분명했다. 아들 결혼을 앞두고 마음이 들떠 있었다. 그러다 보니 술잔을 기울이는 날이 잦았다. 어떨 때는 혼자 포도주 한 병을 비

웠고, 어떤 날은 막걸리 두 병, 또 다른 날은 '소맥' 몇 잔을 마셨다. 시작은 늘 아내와 함께였지만 어느 정도 시간이 지나면 아내는 "이제 그만"이라 제지했고, 그래도 안 되면 먼저 방으로 들어갔다. 적당한 선에서 잔을 내려놓아야 하지만 그게 맘대로 잘 안된다. 결국 혼자 남아 늦게까지 '혼술'을 하게 된다. 이러니 혈당이 올라가지 않을 수 있나.

잔디밭을 몇 바퀴 돌다가 꽃과 나무들이 있는 화단 쪽으로 발걸음을 옮긴다. 겨울 정원은 모두가 움츠러들어 휑하고 썰렁하다. 내가 '작은 영웅'이라 부르는 체로키 산딸나무 곁을 지나며 가지를 툭툭 건드려 본다. 나지막이 외치는 "화이팅!"은 나무에게 하는 말이자 나 자신에게 하는 말이다.

문득, 정원 한구석에 서 있는 수국에 시선이 꽂혔다. 한여름에 그토록 화려하고 탐스럽던 꽃송이들이 이제는 형체만 남은 채 갈색으로 메말라 있다. 그런데 수기水氣 하나 없이 말라버린 모습이 초라해 보이지 않는다. 커다란 꽃송이는 조금도 흐트러지지 않고 고고한 형태를 유지하고 있다.

“아….” 나도 모르게 탄성인지 한숨인지 모를 소리가 터져 나왔다. 수국이 이런 꽃이었던가. 생명이 다해 땅으로 떨어지는 마지막 순간까지 자신의 본래 모습을 잃지 않는 꽃. 색깔은 바래고, 생기는 사라졌을지언정 꿋꿋하게 자세를 지키는 꽃. 어떤 힘이 남았기에 마지막 계절까지 이리 품격을 굳세게 움켜쥐고 있나. 왠지 처절함이 느껴지면서 감탄과 함께 마음이 저려온다.

천천히 정원을 다시 둘러본다. 스산하다. 월동 준비로 비닐을 뒤집어쓴 나무들로 풍경은 삭막하고 단조롭다. 새삼 겨울이구나 싶다. 적막함 속에서 자신의 존재감을 뚜렷하게 드러내는 생명들이 눈에 들어온다. 수국을 보기 전에는 무심코 지나쳤던 녀석들이다.

먼저 눈길이 머문 건 억새풀이다. 큰 키 덕분이다. 줄기는 색깔이 변했고 말랐지만 큰 키는 그대로다. 하얀 솜털 같은 꽃도 그대로다. 겨울바람에 몸을 건들건들 떠는 모습이 불량기 있는 청소년을 연상케 한다. 곁에 있는 같은 과 식물인 홍띠는 겨울 추위와 바람에 지쳐 초췌하게 땅에 쓰러져 있다. 홍띠의 애처로운 모습과 비교되는 억새의 당당하고 씩씩한 자세가 얄미울 정도다. 정원 여기저기 불쑥 솟아났던 부추들은 꼿꼿이 선 채 바짝 말라 있다. 작고 하얀 꽃들은 조금의 흐트러짐이 없다.

나는 수국과 억새, 부추 그리고 몇몇 마른 꽃가지들을 조심스레 잘라 집안으로 들고 왔다. 겨울꽃 꽃꽂이를 해보았다. 간결한 미를 추구한다는 일본식 꽃꽂이인 '이케바나'를 흉내내 보지만 어림없다. 그저 겨울꽃 묶음일 뿐이다. 그러나 이 겨울꽃들이 주는 감흥은 예사롭지 않다.

겨울꽃 다발을 화병에 담아 거실 창가에 놓는다. 서산을 넘어가는 석양빛과 그럴싸하게 어울린다. 봄과 여름의 꽃들이 짙은 색깔과 윤기로 빛난다면 생명력이 사라진 겨울의 꽃은 무너지지 않는 꼿꼿한 형태로 품격을 지켜낸다.

겨울꽃은 죽은 것이 아니라 겉모습에 가려져 있던 가장 본질적인 형태만으로 생을 이어가는 것이다. 인간의 노년 인생도 그러할까.

나무에 핀
난초

우리 집 현관 바로 앞에는 '목란'이 한 그루 서 있다. 집을 드나들 때 눈에 잘 띄는 녀석이라 손님들의 질문을 많이 받는다.

"목란? 이게 뭐야?"

'목련, 모란, 목화, 목단 다 알겠는데 목란은 뭐지?' 하며 고개를 갸우뚱하는 이들이 많다. 그럴 만도 하다. 목란이라는 이름은 북한에서 쓰는 명칭이기 때문이다.

이 꽃은 우리나라에서 보통 '함박꽃'이라 부른다. 꽃이 활짝 핀 모습이 크고 환한 함박웃음을 닮았기 때문이리라. 실제로 하얀 꽃잎 가운데 진분홍색 수술이 돋아난 꽃 모양은 순박한 시골 처녀의 활짝 웃는 얼굴을 연상시킨다.

함박꽃은 산목련이라고도 한다. 흔히 도심에서 볼 수 있는 커다란 백목련과 달리 산골짜기나 서늘한 숲 속에서 잘 자라기 때문이다. 매연과 미세먼지 등 공해에 취약해서 도시에서는 보기 쉽지 않다. 화려하고 당당한 목련과 달리 산목련은 고개를 약간 숙여 수줍게 꽃을 피운다.

일반 목련은 잎이 나기 전 3~4월에 꽃이 피지만 산목련은 잎이 다 자란 뒤인 5~6월에 꽃을 피운다. 산목련 꽃은 향기가 진하다. 산행 중에 꽃은 보이지 않아도 향기로 나무를 찾아낼 정도다. 이 향기를 맡으면 정신이 맑아진다는데 매일 목란 향기를 맡고 있는 내 정신이 과연 맑은지에 대해서는 자신이 없다.

북한에서는 1964년 김일성이 황해도의 정방산에서 이 꽃을 보고 첫눈에 반했다는 일화가 전해진다. 꽃이 아름답고 향기로운 데다 강인한 생명력까지 지녔으니 그야말로 꽃 중의 왕이라며 극찬을 아끼지 않았단다. 그때 김일성이 붙여준 이름이 '나무에 피는 난초'라는 뜻의 목란木蘭이다.

그날 이후로 이 나무는 북한에서 귀한 몸이 되었다. 북한에서 '혁명의 꽃'으로 불리는 진달래를 능가하는 대접을 받기에 이른다. 김일성 훈장이나 주체사상탑 같은 주요 상징물에 목란 문양이 새겨졌고, 1991년에는 아예 국화國花로 지정되기에 이른다. 2007년 발행된 북한의 200원짜리 지폐에도 그 모습이 그려졌으며 '함박꽃 훈장'까지 만들어졌다.

다른 건 제쳐두고 김일성의 꽃을 알아보는 눈 하나만큼은 상당했다는 생각이 든다. 목란을 가만히 들여다보고 있으면 순백, 순수, 순결, 담백 같은 단어들이 절로 떠오른다. 화려하게 치장하지 않아도 은은하게 배어 나오는 기품이 마치 우리의 전통 여성상을 옮겨놓은 듯하다. 소박한 산골 소녀인데 범접할 수 없는 고고함이 느껴진다고 할까. 그래도 그렇지, 어떻게 김일성 말 한마디에 산골의 꽃이 세간의 관심을 한 몸에

받는 국화가 될 수 있단 말인가. 그가 오히려 이 꽃의 순수함을 망쳐 놓은 것은 아닌가.

우리 집에 오는 손님들에게 산목련의 유래를 설명해주면 다들 재미있다고 고개를 끄덕이면서 한마디씩 덧붙인다. "이 집에 있을 법한 꽃이네." 내가 기자 시절 북한 문제를 다루었던 경력을 염두에 두고 하는 말이다. 대놓고 이렇게 말하는 사람도 있다.

"북한 전문가답게 정원에도 북한 국화를 심어 놓았구먼!"

"하하. 이 꽃 때문에 내가 '친북 주사파'가 되는건가."

목란 곁에 멋진 무궁화 한 그루를 심어볼까나. 그러면 남북이 화합하고 통일이 될까. 민족의 염원이 우리 집 정원에서나마 이루어질까.

꽃과 잎의
닿을 수 없는 운명

지난여름, 정원 한쪽에서 각기 따로 피어난 같은 이름의 두 종류 꽃이 있다. 지금은 꽃도 줄기도 모두 자취를 감추고 뿌리만 땅속 깊이 박힌 채 겨울을 견디며 새봄을 기다리는 중이다. 두 꽃의 가장 큰 특징은 꽃이 피었을 때 잎이 없다는 점이다. 매끄러운 꽃대만 쑥 솟아올라 그 끝에 화려한 꽃을 매단다.

잎들은 다 어디로 갔을까. 하나는 꽃보다 먼저 잎이 무성하게 돋아났다가 꽃이 피기 전에 흔적 없이 져버린다. 다른 하나는 꽃이 다 지고 나서야 비로소 잎이 돋아난다. 한 뿌리에서 나고 자라면서도 잎과 꽃은 결코 서로를 마주 볼 수 없다. 생의 시간이 엇갈려 영원히 만날 수 없으니 비극적인 인연이다. 그래서 사람들은 이 꽃에 서로를 그리워한다는 뜻의 '상사화相思花'라는 이름을 붙여 주었다. 꽃과 잎 사이에 결코 닿을 수 없는 시간의 간극이 존재하는 것이다.

상사화에 얽힌 전설은 이름만큼 애달프다. 젊은 스님과 아름다운 처녀의 이루지 못한 사랑, 그로 인해 상사병으로 세상을 떠난 스님의 무덤가에서 붉은 꽃이 피어났다는 이야기다. 그래서인지 상사화는 사찰 주변에서 흔히 볼 수 있다.

잎이 먼저 나고 나중에 분홍빛 꽃을 피우는 것이 상사화다. 반대로 잎이 나오기 전에 가을 정원을 선명한 핏빛으로 물들이는 꽃의 정식 명칭은 '꽃무릇'이지만 역시 상사화로 불린다.

지난봄, 상사화의 기세는 대단했다. 꽃이 피기 전에 돋아나는 잎들이 얼마나 무성하던지 잘라내느라 혼났다. 그 기세 좋던 잎들이 모두 떨어져 흔적조차 사

라진 뒤, 아무것도 남지 않은 것 같던 빈 땅에서 한여름에 올라오는 꽃대를 보고 나는 깨달았다. 봄날 그토록 무성했던 잎의 기운은 결코 헛된 것이 아니었구나. 잎이 온몸으로 받아낸 햇살과 바람의 기운은 고스란히 뿌리에 저장되었다가 잎이 사라진 한참 뒤에도 선명한 꽃을 피워냈구나. 꽃은 잎을 평생 본 적 없지만 잎이 남긴 생명의 유산을 먹고 피어난 셈이다. 사람의 삶이라고 다르지 않을 터. 나의 삶에는 앞서간 사람들의 기운이 얼마나 배어 있을까.

상사화가 지고 나면 꽃무릇이 바통을 이어받는다. 꽃무릇은 '석산石蒜', 돌 틈에서 나는 마늘이라는 이름도 가지고 있다. 뿌리에 독성이 있어 함부로 먹을 순 없지만 옛 스님들은 그 뿌리를 찧어 가루로 만들어 단청을 칠하거나 탱화를 그릴 때 풀에 섞어 사용했다. 독성으로 인해 방충 효과가 있어 좀이 슬지 않게 해주기 때문이다. 젊은 스님의 이루지 못한 사랑이 꽃으로 승화해 아직도 절 주변을 맴돌며 연인을 지켜주고 있는 것은 아닐지 상상해 본다. 두 상사화는 그렇지 않아도 스산해지는 가을 정원에 애달픈 정취를 더한다.

쓰러지지 않는 줄기

韭. 이 한자가 무슨 자인지 알겠는가. 부추 '구(韭)'자다. 무릎을 탁 친다. 가히 부추 모습 그대로다. 땅속에서 싹이 돋아나 꼿꼿하게 두 줄기를 세우고 양옆으로 잎을 뻗어 올린 형상 그대로다. 아무리 한자가 사물의 모습을 본뜬 상형 문자라고 하지만 이 정도일 줄은 몰랐다.

우리 집 정원 잔디밭에는 이 '韭'들이 곳곳에 솟아 있다. 꼿꼿하게 자라나 하얀 꽃을 피우고 있다. 씨를

뿌린 적도 없는데 어디선가 날아온 모양이다. 부추는 꽃보다는 채소로 더 친숙한 존재다. 꽃이 피면 잎이 질겨져 채소로서의 역할은 끝이 난다. 하지만 부추꽃을 가만히 응시해 보면 어떤 꽃 못지않은 매력이 느껴진다.

가느다란 꽃대 끝에 좁쌀처럼 작은 하얀 꽃들이 모여 있고 그 속에 까만 씨앗들이 옹기종기 박혀 있다. 지극히 수수하면서 단아하다. 화려한 색채나 향기로 벌과 나비를 유혹하려 애쓰지 않는다. 그저 청초하게 제자리를 지키는 모습이 곧은 꽃대와 어우러지면서 도도함을 풍긴다. 연약해 보이는 줄기가 비바람에 꺾이지 않고 허리를 꼿꼿이 세우는 강단 있는 모습에서 선비의 기개도 느껴진다.

부추를 경상도에서는 '정구지精久持'라고 부른다. 에너지精를 오래久 유지한다持는 뜻이다. 정구지를 즐겨 먹으면 부부 금실이 좋아진다거나, 장가가기 전에는 반드시 먹어야 한다는 등 정구지에 얽힌 믿거나 말거나 한 이야기가 한둘이 아니다.

실제로 부추가 가진 생명력은 대단하다. 한 번 심어

두면 알아서 쑥쑥 자라고, 베어내고 돌아서면 다시 자라고, 베어내면 또 자란다. '기양초起陽草'라는, 양기를 일으키는 풀이라는 별명이 괜히 붙은 게 아니다.

초원처럼 휑한 우리 집 잔디밭으로 어디선가 씨가 날아와, 홀로 자라서 이렇게 당당하게 꽃을 피우다니 너는 정말 '정구지'가 맞구나. 나의 삶도 정구지를 닮아 겉은 담백하지만 내면에는 뜨거운 에너지를 간직하면 좋으련만.

오늘 저녁에는 부추전을 부쳐 먹어야겠다. 정원 부추는 아니고 마트 부추로. 노릇노릇하게 구워진 부추전에 양평의 명품 '지평 막걸리'를 곁들일 것이다. 벌써 군침이 돈다. "캬!"

포근함을 간직한
눈송이

창밖으로 눈 덮인 산과 들, 정원을 바라보며 따끈한 커피 한 잔을 마신다. 온 세상이 하얀 솜이불을 덮은 듯 고요하다. 그 풍경을 가만히 응시하고 있자면 알 수 없는 평온함이 차오른다. 지금 정원은 하얀 침묵에 잠겨 있다. 앙상한 가지를 드러내고 추위에 떨던 나무들이 오늘은 두툼한 흰색 외투를 걸치고 편안하게 쉬는 중이다.

정원 한편의 설중매에 눈길이 간다. 눈 속에서 꽃

을 피운다는 매화는 개화 준비를 하고 있으려나. 눈을
뒤집어쓰고도 그 속에서 향기를 빚어내고 있을지 모
른다. 바짝 메마른 몸의 수국은 눈이 얹어져 한껏 커
지고 풍성해졌다. 키 큰 억새풀은 가냘픈 줄기가 눈의
무게를 이기지 못하고 결국 길게 드러누웠다.

참 신기한 일이다. 눈이라는 건 결국 공기 중의 수
증기가 얼어붙은 차가운 얼음 알맹이들 아닌가. 살결
에 닿으면 차가운 결정체들이건만 왜 내 눈에는 포근
하게 보이는 걸까. 심지어 따뜻하게까지 느껴진다. 그
저 나의 주관적인, 심리적인 착각일 뿐일까.

저 하얀 눈은 정원의 꽃과 나무들에게 어떤 의미일
까. 포근한 위로일까, 아니면 살을 에는 고통일까. AI
에게 물어보니 결과는 의외였다. 눈은 정말로 식물에
게 이불 역할을 해준다는 것이다. 눈 입자 사이사이에
갇힌 공기층이 단열재 역할을 해 영하로 뚝 떨어진 바
깥 공기로부터 땅 속 뿌리와 작은 식물들을 보호해 준
다. 더불어 겨울철 메마른 대지에 귀한 수분을 공급
하고, 녹아서 땅으로 스며들면 토질까지 개선해 준다.
하지만 눈이 너무 무겁게 쌓인 채 오래 방치되면 식물

은 냉해를 입을 수 있고 숨쉬기나 광합성이 원활히 이뤄지지 않아 생명을 위협받기도 한단다.

나는 속으로 '아!' 했다. '상담의 핵심 원리가 이 눈 속에 담겨 있구나.' 상담자가 내담자를 대할 때 지녀야 할 태도는 냉정함과 따뜻함의 조화와 균형으로 대변될 수 있다. 일상 속 인간관계에서도 마찬가지일 것이다. 그런데 이게 보통 어려운 일이 아니다. 공감적 이해와 무조건적인 존중을 바탕으로 따뜻하게 대해주는 것만이 능사가 아닐 뿐더러 때론 위험하다. 내담자를 더욱 나약하게 만들 가능성이 크기 때문이다.

그렇다고 상대를 이성적으로 냉철하게 대하는 것 역시 문제다. 상담자는 객관적인 사실을 직시하는 냉정함과 엄격함을 유지해야 한다. 눈의 물리적 본성이 차가운 얼음 알맹이인 것과 같다. 차가운 알맹이들이 겹겹이 쌓여 포근한 공기층을 만들어내듯이 상담자의 냉철한 통찰은 내담자를 안전하게 품어주는 따뜻한 보호막이 되어야 한다.

눈이 너무 깊게 쌓이면 식물의 숨을 막아버린다. 상담자의 조언이나 개입도 지나치게 많아지고 무거워지면 내담자의 자율성과 생명력이 짓눌리고 만다. 눈이 조금씩 녹아 땅으로 스며들어 식물의 생명수와 자양분이 되듯이 상담자의 개입도 조금씩 부드럽게 이뤄져야 함을 깨닫는다.

정원을 가꾸는 일이나 사람의 마음을 돌보는 일이나 결국 본질은 같다. 대상을 향한 깊은 배려, 그러면서도 상대가 스스로 피어날 때까지 묵묵히 기다려주는 인내가 필요하다.

정원을 덮은 눈은 차갑지만 따뜻하고, 엄격하지만 다정하다. 나 또한 누군가에게 본질은 냉철하되 태도는 다정한 존재가 될 수 있을까. 눈 덮인 정원을 바라보면서 상담의 진리를 생각해 본다.

3장

풍성한 삶의 열매

풍성한 삶의 열매

정원에서 자연의 섭리를 느끼고 인연의 소중함을 깨닫는다.

화가 나고 우울하고 슬플 때면 달려가는 감정의 해우소.

이곳이 건강히 살아 숨 쉬는 한,

언제까지나 즐거운 하루가 이어지리라 믿는다.

봄이 오면

3월이 오면 나는 정원 여기저기를 들쑤시고 다닌다. 마른 낙엽이나 돌멩이들을 하나하나 뒤적이거나 아직 차가운 기운이 감도는 흙더미를 살살 파헤쳐 보기도 한다. 혹시라도 파란 새싹들이 조용히 고개를 내밀고 있지는 않은지 확인하고 싶은 조바심 때문이다.

그러다 불쑥, 이미 눈에 띌 만큼 자라버린 놈을 발견하면 반갑기 그지없다. 엊그제는 검은 마사토 더미를 뚫고 나와 샛노란 꽃을 피운 작은 '크로커스'를 만났다. 아니, 대체 언제 이렇게 자랐을까. 차가운 땅속에서 가장 먼저 올라와 꽃을 피우는 '봄의 전령사'라고 불릴만하다. 반가움에 할 말을 잊고 한참을 들여다보다가 더욱 눈을 부릅뜨고 이곳저곳을 살피기 시작한다.

텃밭 가장자리에서는 보라색 노루귀 앵초를 찾아냈다. 그 옆에선 히말라야 앵초가 보일락 말락 한 빨간 꽃순을 살짝 드러내고 있다. 화단의 수선화는 어느새 쑥쑥 자라 멀쑥한 키를 뽐내고 있다. 텃밭을 정원으로 바꾸는 큰 공사를 한 뒤로는 어떤 뿌리가 어디로 옮겨갔는지 도무지 알 길이 없다. 아니나 다를까. 튤립이 뜬금없이 잔디밭 한복판을 뚫고 나와 있다. 가을의 전령사인 추명국은 새싹을 틔우는 중이고, 작약도 뾰족이 고개를 내밀었다. 철쭉 몇 그루는 벌써 분홍빛 꽃망울을 달았는데, 아무래도 세상 구경이 너무 성급해 보인다. 잔디밭도 살살 헤쳐 보니 뿌리 근처에는 이미 연두색 기운이 완연하다.

그야말로 만물이 소생하는 봄이다. 그런데 아뿔싸,

어김없이 꽃샘추위라는 훼방꾼이 습격해 왔다. 한낮에 20도를 웃도는, 3월 말치고는 더운 날씨가 새벽이면 다시 영하 5~6도까지 뚝 떨어지고 한겨울 같은 칼바람이 몰아친다. 3월 들어 시원하게 벗겨줬던 나무들의 월동 장비를 다시 꺼내지 않을 수 없다. 볏짚과 마대, 뽁뽁이를 들고 나가 새싹들에게 덮어주고 나무들을 감싼다.

이제 막 세상 밖으로 나온 새싹들은 추위에 약해 늦서리라도 맞으면 치명적이다. 나무들도 한겨울에는 가지에 수분이 거의 없어 웬만한 한파를 견뎌내지만, 물이 오르기 시작하는 봄에는 갑작스러운 추위에 맥없이 얼어붙곤 한다. 그래서 가드너들은 겨울의 냉해冷害보다 봄철의 동해凍害를 더 무서워한다.

봄날의 월동 조치는 여간 손이 많이 가는 게 아니다. 밤에는 동해를 피해 따뜻하게 덮어주어야 하지만, 낮에는 햇볕을 받아야 하니 일일이 벗겨주어야 한다. 가시가 많은 장미들은 마대를 씌웠다 벗겼다 하기가 더욱 까다롭다. 초보 가드너인 나는 그 사이에서 허둥대며 하루를 다 보낸다.

하지만 나는 이 번거로움이 즐겁고 신이 난다. 긴 겨울의 게으름을 벗어던지는 나의 일상은 아침 일찍 정원으로 나가 나무와 꽃을 둘러보는 일로 시작된다. 어떤 녀석이 얼마나 자랐는지, 새로 움을 틔운 녀석은 없는지 살피는 일은 늘 설렘으로 가득하다.

작년 가을에 옮겨 심은 후 겨우내 기운을 차리지 못해 생사가 불분명한 수서해당화 앞에서는 마음이 무거워진다. 가지 끝에서 생명의 조짐을 찾으려고 손톱으로 살짝 긁어 볼 때마다 가슴이 조마조마하다. 껍질 안쪽이 초록색을 띠고 축축함이 느껴진다면 아직 살아 있다는 뜻이다. 화려한 꽃을 한가득 피우던 녀석을 공연히 이식해 사지로 몰았나 하는 죄책감마저 든다.

정원에서 커피를 마시고 몇 차례씩 순회한 뒤, 집 근처 화원에서 사 온 꽃과 나무를 심다 보면 봄날의 하루는 너무나 짧기만 하다.

봄이 오면 내가 들추어 보는 것이 어디 정원의 새싹 뿐일까. 나의 마음도 함께 들추어 본다. 정원 한구석에서 보일 듯 말 듯 움을 틔우는 연하디 연한 새싹처럼, 내 마음에서도 나조차 의식하지 못하는 어떤 감정이나 깨달음이 꿈틀거리며 올라오고 있는 것은 아닌지 살핀다.

그 연약한 마음의 싹을 잘 찾아내 정성껏 보살피고 때로는 갑작스러운 시련에 대비해 월동 조치를 해주며 나의 내면을 정원처럼 풍성하게 가꿔 가야겠다는 생각을 해 본다. 찬바람이 불어도 흙 속에서는 이미 용트림이 시작되었다. 어쨌든 봄이다.

계절 약국

나에게는 계절마다 한 번씩 만나는 사람이 있다. 봄, 여름, 가을, 겨울에 딱 한 번씩 만난다. 두 번도 아니다. 한 계절에 한 번, 이 만남을 한 번도 어기지 않고 10년 이상 이어오고 있다.

그 사람은 약사다. 나는 당뇨병을 앓고 있다. 그래서 석 달에 한 번씩 정기적으로 병원에 다니고 약국에서 약을 받는다. 약사와의 만남은 정확히 석 달에 한 번이다 보니 계절 변화와 일치하게 된다.

서울 도심에 있는 그 약국은 평판이 좋은지 언제나 손님들이 줄서 있다. 그러니 그와 길게 이야기를 나누기도 쉽지 않다. "또 봄이 왔네요", "가을입니다" 같은 간단한 인사를 나누고는 처방전을 내고 잠시 기다렸다가 약을 받아오는 게 전부다. 당뇨를 앓는다는 건 분명 번거롭고 불편한 일이지만 계절마다 찾아오는 이 짧은 시간은 질병이 나에게 주는 귀한 선물이라는 생각이 든다.

그는 손님에게 약을 건넬 때 웃는 얼굴로 이런저런 설명과 격려를 보태는 것을 잊지 않는다. 10년 넘게 단골인 나에게는 조금 더 친절하리라고 나는 기대한다. 나를 보면 "선생님 건강이 좋아 보여요", "좀 피곤해 보이시네요", "정원의 장미는 어때요?" 등등 인사 겸 진단을 빼놓지 않는다.

며칠 전에는 나의 눈을 보고 건조해 보인다며 소소한 조언과 함께 안약을 건넸다. 그의 진단과 처방은 정확하고 효과가 좋아 감탄케 한다. 나의 훌륭한 주치의랄까. 한번은 병원에서 받아온 처방전을 보고 "약이 한 가지 달라졌네요" 하기에 확인해 보니 실제로 병원의 실수가 있었다. 그가 얼마나 꼼꼼히 나의 처방전을 살펴보고 기억하고 있는지를 알 수 있었다. 내가 다니던 병원의 의사가 더 이상 진료를 할 수 없어서 부득이 병원을 거주지인 양평으로 옮겼다. 그러나 내가 처방전을 들고 찾아가는 곳은 여전히 서울의 그 약국이다.

그는 나에게 정원의 안부를 묻는 것도 잊지 않는다. 어떤 꽃이 피었는지, 어떤 꽃을 새로 심었는지 등등. 그는 내가 쓴 첫 책을 읽어서인지 나에 대해 많은 것을 알고 있다. 은퇴 후 시골에서 살고, 상담학을 공부하며, 정원에 빠져 있다는 사실 등을 훤히 꿰고 있다. 특히 계절마다 정원의 꽃 사진들을 보내달라고 부탁을 해온다. 정원의 꽃을 자랑하고 싶어 안달인 나의 어깨가 올라가지 않을 수 없다.

미국의 의료사회학자인 아서 프랭크 교수가 지은 《아픈 몸을 살다》라는 책이 있다. 저자는 질병이 우리의 삶과 인간관계에 미치는 영향, 질병을 받아들이는 태도 등에 관해 자신의 실제 암 투병 경험을 토대로써 내려갔다. 의료사회학자답게 질병을 의학적인 관

점이 아니라 사회적인, 그중에서도 인간관계 측면에서 살펴본 것이다.

저자는 특히 의사, 약사, 간호사, 요양사, 가족 등 넓은 의미의 의료진이 환자에게 기울이는 인간적 관심과 정성이 얼마나 중요한지를 강조한다.

병원이나 약국에서 따뜻한 관심과 배려를 기대하기가 어렵게 돼버린 것은 한국이나 미국이나 마찬가지다. 병원에 가면 우리는 그저 병명으로 불리는 존재가 되고 만다. 병이 곧 우리의 정체성이 되는 것이다. 나는 당뇨 환자일 뿐이고 의사는 혈당 수치에만 관심을 가질 뿐이다.

아픈 사람은 아픔을 표현함으로써 다시 사람들 사이로 돌아온다고 한다. 자신의 아픔을 온전히 드러냄으로써 치유가 된다는 뜻일 것이다. 그렇다면 그 드러냄을 받아주고 위로하며 소통할 대상이 필요하다. 나에겐 '계절 약국'이 그런 존재다.

계절 약국에 가면 나는 정원에 온 기분이 든다. 아마도 정원에서 느끼는 치유의 기운을 이곳에서도 느끼기 때문일 테다. 이야기되지 않은 채로 고통을 짊

어지고 사는 삶은 슬프다. 그는 오늘도 계절 약국에서 수많은 아픔의 이야기를 받아내며, 그들을 다시 사람들 사이로 돌려보내고 있을 것이다.

원덕으로
가는 길

서울에서 집으로 가는 전철 안, 파카 오른쪽 주머
니에는 반쯤 채워진 소주병이 들어 있다. 혼자 마시다
남은 소주다. 소주 반 병은 내 입을 통해 위장을 거쳐
이미 뇌와 얼굴에 도착한 모양이다. 기분은 얼큰하고
얼굴은 불콰하다. 옆 사람이 소주 냄새를 맡고 불쾌해
하지는 않을까 내심 걱정도 된다.

오늘은 청소년상담사 2급 면접시험을 보고 오는 길
이다. 필기는 한 달 전 우수한 성적으로 합격했다. 혹

시 수석은 아닐까, 엉뚱한 상상도 해본다. 면접을 보고 나오니 해는 서산마루에 걸려 있고, 배는 출출하니 한잔 생각이 어찌 나지 않겠는가. 갑자기 불러낼 사람이 없어 혼자 시장통을 배회하다 순대국집으로 들어갔다. 빈속에 소주부터 한 잔 부어 넣었다. "캬!" 이럴 때 하는 말이 '죽인다'인가.

집에서는 아내가 와인에 안심 스테이크를 차려놓았다며 빨리 오라고 재촉하지만, 오늘 내 마음은 왠지 이 변두리 시장통을 배회하고 싶은 쪽이다. 나는 오늘 시험을 나름대로 잘 즐겼다. 면접이다 보니 필기시험처럼 미리 준비하기도 어려워 이왕이면 즐거운 마음으로 응하기로 했는데 실제로 그렇게 된 듯하다. 물론 시험이 주는 긴장감이 없지 않았지만 그다지 싫지 않았다. 수백 명의 수험생들 중에 내가 단연 최고령임이 확실했다. 20~30대 여성이 대부분이었고 남성은 드문드문 보였으며, 머리 희끗한 남자는 내가 유일했다.

상담대학원을 다닐 때 역시 학과의 대부분은 젊은 여성들이었고 남자라고는 나와 중국 유학생뿐이었다. 실버 청일점 처지에 나름대로 훈련이 된 셈이다. 그때

학우들은 나를 나이든 은퇴자로 대하지 않았다. 나이가 얼마든, 전직이 무엇이든 그건 전혀 중요하지 않았다. 알 필요도 없고 묻지도 않았다. 그저 서로를 한 인간으로 존중하며 공감하고 귀하게 여기면 되었다. 나이와 전직은 공연한 선입견과 편견을 불러올 뿐이다.

2인 1조로 면접시험장에 들어서며 짝꿍에게 파이팅을 외쳐주었다. 사실 이들은 모두 나의 경쟁자다. 어차피 상당수는 낙방해야 하니, 실수하는 사람이 많을수록 나의 합격 가능성이 높아지는 게임이다. 그래도 나는 이들이 정말 잘하기를 바랐다.

면접시험이라 그런지 수험생들은 대부분 검은색 정장에 단정하고 멋진 용모였다. 대기실에서 책과 노트를 열심히 들여다보며 마지막까지 최선을 다하는 그들의 모습은 아름다웠다. 내가 이들과 함께하고 있다는 사실이 자랑스러웠다.

시험은 내가 아는 만큼, 답할 수 있는 만큼 최선을 다해 임했다. 대기 시간에 느꼈던 미세한 떨림마저 사라지고 마음이 참 편안했다. 면접관이 나를 보며 웃고 있다는 느낌도 들었다. 그건 모든 수험생에게 보내는 응원으로 상담하는 사람들이 가질 수 있는 다정함이라고 여겼다. 사람의 마음을 살피고 보듬는 일을 선택하고, 나아가 그걸 업으로 삼겠다는 사람들끼리 통하는 그 무엇이 곧 따뜻함과 포근함 아닐까.

어느덧 내릴 때가 다 되었다. 나의 동네, 원덕역. '으뜸 원元'에 '덕 덕德'. 나는 이 멋진 이름을 아주 좋아한다. 세상의 근본이 되는 크고 어진 마음이 살아있는 마을이라는 뜻 아닌가.

'원덕'은 만물을 살리는 하늘의 덕이라고도 한다. 남한강 줄기가 멋지게 흐르는 여기는 큰 덕을 베풀겠다는 염원이 담긴 곳이다. 나는 언젠가 이곳에 상담소를 열면 '원덕'이라는 이름을 꼭 넣고 싶다. 으뜸가는 덕을 널리 퍼뜨리고 싶은 바람을 담아서.

이제 내려야겠다. 서둘러 가야겠다. 와인과 안심, 그리고 아내가 기다리는 집으로. 주머니 속에서 출렁이는 소주 반 병은 달빛 아래 정원의 수국 옆에서 마셔야겠다.

커트라인에
대롱대롱

　오전 9시, 컴퓨터를 켜고 한국산업인력공단 홈페이지에 접속했다. 마우스를 쥔 손끝에 팽팽한 긴장감이 실렸다. 한 달 전 치렀던 청소년상담사2급 면접시험 결과가 나오는 날이다.

　시험장에서 면접관의 질문에 막힘없이 대답했기에 속으로 은근히 합격을 자신하고 있었다. 그 전에 치른 필기시험에서도 기대 이상의 좋은 성적을 거두었다. 하지만 면접시험은 사람의 주관이 개입되는 만큼 마지막까지 안심할 순 없었다.

다행히 합격자 발표 페이지에서 내 수험번호를 확인하고는 '휴' 하는 안도의 한숨이 새어 나왔다. 만약 떨어졌다면 동네방네 망신살이 뻗칠 뻔했다. 시험을 치르고 나서 '이번 시험의 최고령이자 수석 합격자는 바로 나'라는 듯 주변에 떠들어댔기 때문이다.

곧이어 내 점수를 확인하는 순간, 등줄기에 서늘한 식은땀이 흘렀다. 내 성적이 커트라인에 딱 걸려 있는 것이 아닌가. 25점 만점에 15점 이상이어야 합격인데 내 점수가 딱 15점이었다.

'이럴 수가…' 몇 번을 다시 확인해 봤지만 달라질 리가 없었다. 말 그대로 절벽에 대롱대롱 매달려 있는 형국이었다. 한 발, 아니 반 발짝만 삐끗했어도 그대로 낙방 아닌가. 세 명의 면접관 중 한 명이라도 점수를 박하게 주었거나 세 가지 질문 중 한 문제라도 대답을 못 했다면 나는 그대로 추락이었던 것이다.

면접시험에서 나에게 주어진 첫 질문은 청소년기의 발달 과정에서 중요하게 다루어야 할 사항들이 무엇인지에 관한 것이었다. 이어 어려운 상황에 놓인 중학교 3학년 여학생의 구체적인 사례를 보여준 뒤 이 여학생의 상담에서 핵심적으로 다뤄야 할 점이 무엇인지에 대한 질문이 던져졌다.

나는 면접관이 그만하라고 할 때까지 거침없이 대답했건만 점수를 보고서야 내가 답한 내용이 너무 피상적이었나 하는 자각이 들었다. '아이고, 정말 큰일 날 뻔했네.' 절로 고개가 숙여졌다. 합격을 자신하며 자만했던 내 모습이 떠올라 얼굴이 화끈거렸다. 혹시 경로우대 점수로 턱걸이한 것은 아닌가 하는 생각까지 들었다.

어쨌든 이로써 내 인생에서 두 번째 국가 자격증(운전면허증 빼고)이 생겼다. 첫 번째 '산림기능사' 자격증은 언젠가는 숲을 가꿔보겠다는 웅대한 포부를 갖고 땄지만 제대로 써먹어 보지도 못했다. 그나마 전원생활을 하며 가끔 엔진 톱을 사용할 때나 '그렇지. 난 산림기능사지' 하는 자부심과 자괴감을 동시에 느낀다.

하지만 이번엔 각오가 남다르다. 나는 청소년들의 마음을 진심으로 읽어주는 상담사가 되고 싶다. 학교

나 가정에서 심리적 어려움을 겪는 아이들에게 나의 작은 마음과 손길이 이들의 인생을 바꾸는 계기가 되면 좋겠다. 가르치려 들거나 올바른 길로 이끌겠다는 욕심을 앞세우지는 않을 것이다. 그저 아이들의 이야기를 들어주고 공감하며 든든한 친구가 되어주고 싶다. 어쩌면 내가 그 맑은 영혼들에게 배워야 할 것이 더 많을지도 모른다. 자만하지 말고 초심을 지켜야겠다.

이제 100시간의 연수 교육을 마치고 나면 나는 국가가 인정하는 청소년상담사가 된다. 이번 턱걸이 합격은 나에게 꼭 필요한 가르침을 주었다. 나이 먹었다고 기죽을 필요는 없지만 경험이 많다고 자만해서도 안 된다는 것을 말이다.

잎이 다 떨어진 정원 대추나무에 아직 대롱대롱 매달려 있는 대추 몇 개에 새삼 눈길이 간다. 왠지 웃음이 난다.

AI는 알까,
상담의 마음

"엥? 모두 가버렸나?"

모임 장소인 카페에 들어서서 1층과 2층을 다 둘러 보아도 학우들은 보이지 않았다. 왁자지껄할 거라는 기대는 깨지고 찬바람이 휙 지나가는 것 같았다. '참석자가 너무 적어 1차에서 끝냈나?' 그 순간이었다. "선생님!" 하는 소리와 함께 반가운 얼굴들이 들이닥쳤다. 모두 벌개진 얼굴이었다. 1차에서 소주 한 잔씩 들 걸친 모양이었다.

상담대학원 동기인 우리는 앉자마자 수다 경쟁을 벌이기 시작했다. 우리 동기는 스무 명, 그중 남자는 '왕오라버니' 대접을 받는 나와 청년 외국 유학생 한 명뿐이다. 20대부터 50대까지 다양한 연령대인 여학우들은 가정주부, 아이 엄마, 직장인 등 1인 다역을 거뜬히 해내는 정말 대단한 여성들이다. 우리는 졸업 후에도 1년에 봄, 가을 두 차례씩 정기모임을 갖고 있다.

내가 먼저 1차에서 무슨 이야기들이 오갔는지 주요 소식을 말해달라고 청했다. 그러자 시선이 일제히 K에게 향했다. 그의 얼굴이 밝고 환해서 좋은 일이 있나 싶었는데 오히려 반대였다. 박사 과정을 밟으며 학문적으로 너무나 힘든 일을 겪었단다. 아쉬움과 안타까움, 분노로 얼룩졌던 이야기들이다. 하지만 그는 현실적으로나 감정적으로나 모든 걸 극복하고 전화위복의 계기로 삼고 있단다. 그 편안함이 얼굴에 그대로 담겨 있었다. 대단한 경험을 한 만큼 내공이 깊어졌음을 금방 알 수 있었다.

다음은 내 차례였다. 모두 내 안부를 물었다. 결국 참지 못하고 노총각 아들이 장가가게 된 이야기를 꺼내고 말았다. 아내가 아직은 말하지 말라고 신신당부했는데 들뜬 마음을 억누를 수가 없었다. 이야기는 봇물 터지듯 이어졌다. 아이들 결혼에 얽힌 이야기, 자식 결혼이 가져오는 가정생활의 변화, 그에 따른 묘한 심리 상태 등이 생생하게 터져 나왔다. 끝없이 이어질 기세라 말을 꺼낸 내가 먼저 스톱을 외쳐야 했다.

우리의 다음 주제는 AI 시대에 상담이 나아갈 방향이었다. 다들 AI에 대한 식견이 이렇게 깊은지 미처 몰랐다. 한껏 지식을 뽐낸 뒤, 각자 휴대폰 속 AI에게 "나는 어떤 사람인가"라는 질문을 던져보았다. 어떤 학우에게는 "사용자님은 매우 지적이며 궁금한 일은 끝까지 알고자 하는 성향입니다"라는 답이 돌아왔다. 우리가 아는 그 학우의 성격과 정확히 일치했다.

나에게는 "AI의 능력을 테스트하고 싶은 사람"이라는 답이 돌아와 좌중에서 폭소가 터졌다. 우리는 AI 시대에 상담을 하려면 사람의 마음을 더욱 깊이 탐색해야 함을 거듭 절감했다. 아무리 똑똑한 AI인들 깊고 깊은 사람의 마음을 우리만큼 면밀히 헤아릴 수 있을까.

우리가 대학원을 졸업한 지도 어느덧 1년 반이 지

났다. 앞으로 우리의 만남은 점차 뜸해질지 모른다. 상담학 동기들과의 만남만큼 편하게 이야기할 수 있고, 말귀가 척척 통하는 자리가 또 있을까 하는 생각에 벌써부터 아쉬워진다. 우리가 가는 길은 학문으로, 상담 현장으로, 혹은 가정 상담사로 제각각 다르지만 사람을 품어 안고 보듬어 주려는 마음만큼은 같다. 그 마음을 지키고 키워나가는 조력자로 함께 공부한 학우들만 한 동지들은 없을 것이다.

오늘 나는 양평에서 출발해 서울에서 있던 결혼식에 참석한 뒤, 부랴부랴 동기 모임이 있는 평택으로 달려갔다. 그리고 다시 고속버스와 전철을 타고 양평으로 가는 중이다. 피곤할 법도 한데 조금도 고단하지 않다. 그래서 전철에서 이 글도 쓰고 있다. 이 힘과 기쁨의 원천이 어디인지는 굳이 말할 필요가 없다.

우리는 참 귀한 관계 속의 귀한 존재들이다. 사람 관계의 귀중함을, 그 귀중함을 지키고 키워가는 방법을 우리는 상담이라는 학문에서, 그리고 현실에서 배우고 깨달아가는 사람들이다. 아무리 AI인들 우리만 할까.

어머니의
불호령

그날도 평소와 다름없이 아침 식사를 마치고 아내와 함께 정원에 앉아 커피를 마시는 중이었다. 가을 햇살이 유난히 따스하고 반짝반짝 빛나던 참이었다. 그때 휴대폰이 울렸다. 어머니였다. 대개는 내가 어머니께 전화로 안부를 묻는다. 이 시간에 어머니가 먼저 전화를 주시는 경우는 흔치 않다. 아흔이 훌쩍 넘으셨기에 늘 어머니의 건강이 신경 쓰일 수밖에 없는 난 약간의 불안감을 안고 전화를 받았다.

“어무이.”

“오냐. 잘 있나. 뭐 하노?”

“아침 먹고 정원에서 커피 한잔합니다. 날씨가 참 좋네예. 햇살도 기가 막힙니다.”

“그래, 니는 그래 좋나?”

평소와 달리 어머니의 어투에는 화가 묻어 있었다. 나는 엉거주춤 더듬거렸다.

“아… 네, 좋네예. 그런데 무슨 일이…”

“그래, 니는 그래 좋나!”

어머니의 목소리는 이제 완전히 화를 참지 못하겠다는 투였다. 무슨 일인지 묻는 내 말에 어머니는 잠시 뜸을 들이시더니 이번에는 울먹이는 목소리로 언성을 높이셨다.

“그래, 니 아들은 아파서 꼼짝 못 하고 그 좁은 방에 누워 있는데 니는 그렇게 좋나!”

한순간에 모든 사태가 파악됐다. 안도감과 당혹감이 동시에 몰려왔다. 어머니는 울먹이다 못해 아예 우시면서 말씀을 이어갔다.

“자식이 뼈를 다쳐 누워 있다는데 애비가 돼서 한

번 가보지도 않고…. 그렇게 좋은 너희 집으로 데려와 며칠 쉬게 해야 할 거 아이가. 부모가 돼 갖고 우째 그 렇노.”

사정을 설명하려 했지만 어머니는 틈을 주지 않았 다. 지난 추석때 손자가 다쳐서 못 온다는 말을 듣고 걱정이 되어 몇 번이나 전화를 하셨던 모양이다. 아직 낫지 않았다는 손자의 말에 마음이 아파 오늘은 한참 을 우셨단다. 어머니는 운전을 못 한다는 손자의 말에 아버지가 데리러 가야지 뭐 하느냐며 불호령을 내리 셨다.

“아이고, 애비가 돼 가지고….”

이 나이 먹도록 어머니께 이렇게 혼난 적은 없었다. 옆에서 통화 내용을 듣고 있던 아내도 멍해진 표정이 었다. 나는 조심조심 사정을 설명했다. 자칫 변명으로 들리면 어머니가 대성통곡할 기세라 조마조마했다. 어머니는 손자의 처지가 안쓰러워 눈물을 쏟으셨고, 상담 공부까지 하며 남을 살피는 아들이 정작 제 자식 에게 이토록 무심하다는 사실에 분노하고 계셨다.

아들은 얼마 전 휴가 중에 수영장에서 미끄러져 갈

비뼈를 좀 다쳤다. 거동이 힘든 건 아니었지만 운전은 자제하라는 의사의 지시가 있었다. 아내와 내가 가겠다고 했지만 아들은 극구 마다했다. 부모님이 오시면 오히려 자기가 더 불편하다며 곧 나아서 집에 들르겠다고 했다. 반찬을 가져다주는 사람이 있다는 걸 보니 챙겨주는 이도 있는 모양이라 안심하고 있었다.

어머니는 오피스텔에서 혼자 생활하는 노총각 손자를 항상 안쓰러워하셨다. 살가운 성격의 아들은 평소 할머니께도 잘해 각별한 사랑을 받지만 걱정의 대상이기도 했다. 어머니는 손자와 통화한 후 뼈를 부여잡고 끙끙대고 있을 모습을 상상하며 눈물을 참지 못하셨던 것이다. 내 설명을 다 들은 어머니는 그제야 조금 진정이 되시는 듯했다.

"니가 비미(어련히) 알아서 하겠나. 신경을 써도 니가 더 쓰겠지. 니 새끼ㄴ데…"

억울한 마음도 들었지만 어머니의 깊은 내리사랑에 가슴이 뜨거워졌다. 어머니 말씀이 맞다. 자식이 다쳤으면 무조건 달려가 보아야 했다. 어느 정도 다쳤는지 따지면서, 부모가 가는 게 나은지 아닌지 계산하던 내 모습이 참으로 형편없는 애비처럼 느껴졌다.

"어무이, 오늘 바로 가볼게요."

전화를 끊자마자 아내와 마트로 달려가 쇠고기와 채소 등을 샀다. 아들이 좋아하는 요리를 준비하는데 아들이 집으로 왔다. 아들도 할머니와 통화한 후 마음에 걸렸던 모양이다. 우리는 정원에 앉아 어머니께 전화를 걸었다.

"할머니, 저 양평 왔어요. 몸도 다 나았어요. 공연히 제가 걱정을 끼쳤나 봐요. 걱정하지 마세요."

"오냐, 그래. 지금도 내가 눈물이 난다. 아버지 집에 오니 좋제? 그 좋은 정원에서 푹 쉬었다 가거라."

할머니의 손자 사랑이 정원을 흠뻑 적신 날이었다.

노인이길 거부하는 노인

아내와 함께 전철을 탔다. 나는 지하철을 탈 때면 경로석 근처에는 잘 가지 않는다. 노인으로 취급받기 싫어서다. 노인이기를 거부하는 노인인 셈이다. 그러나 허리가 약한 아내는 경로석을 기웃거린다.

이날도 우리는 경로석으로 다가갔고 마침 두 사람이 내리면서 자리가 났다. 아내는 얼른, 나는 천천히 마지못해 자리에 앉았다. 출근 시간이라 꽤 복잡한 지하철에서 타자마자 자리를 잡은 건 행운이었다. 그것도 동시에 두 자리를. 내 옆에는 한 남자 노인이 앉아 있었다. 그는 나에게 반가운 듯 웃으며 말을 걸었다. "마침 자리가 딱 났네요. 두 개씩이나. 허허." 나는 아내 때문에 앉기는 했지만 기분은 별로였다. 그의 말에 건성으로 "아, 예"라고 반응하고는 눈길도 주지 않았다. 그도 머쓱했는지 입을 다물었다.

앞쪽 경로석에서는 좀 다른 장면이 벌어지고 있었다. 나와 같은 역에서 탄 할머니가 자리에 앉자마자 옆 할머니와 이야기를 나누었다. 지하철 안을 둘러보았다. 대부분 휴대폰에 몰두해 있을 뿐 옆 사람과 대화하는 사람은 찾기 어려웠다. 어쩌다 대화하는 이들이 보여도 그들은 일행 같았다. 노인들이 처음 보는 사람과 쉽게 말문을 트는 건 분명해 보였다.

아흔이 넘은 나의 어머니도 전철이나 아파트 공원에서 낯선 동년배와 곧잘 이야기를 나누신다. 대화 소재는 제한이 없다. "어디까지 가세요"라거나 "에어컨이 너무 세서 춥네요"라고 말을 걸면 옆 사람도 기꺼이 응한다. 그리고 대화는 곧장 자식 이야기에서 젊은 시절 이야기까지 이어진다. 마치 수십 년 된 친구 같다. 젊은 사람들 사이에서도 이런 일이 가능할까. 최소한 전철 안에서는 본 적이 없다.

나는 어떤가. 나는 전철에서 낯선 노인과 말을 섞는 일을 가급적 피한다. 어쩌다 기분 좋게 한잔 한 날은 얼큰한 기분에 경로석에 앉기도 하고 옆 사람과 말을 주고받기도 하지만 맨정신에는 어림없는 일이다.

나이가 들면 자기 개방이 수월해지는 모양이다. 체통 차릴 일이 별로 없으니 그럴 수도 있겠다. 아니면 외로움이 커져 낯선 사람과도 이야기를 나누고 싶은 것일까.

그렇다면 나는 대체 어떻게 된 일일까. 나도 엄연히 사회적으로나 법적으로 노년인데 왜 노인이기를 거부할까. 아직 마음은 노인임을 인정하기 싫은 것인가. 나 스스로 노인을 존중의 대상이 아니라 기피의 대상으로 여기고 있는 게 아닐까. 노인을 기피하는 것은 결국 나를 기피하는 것이 아닌가. 내가 바로 노인이니 말이다. 이러고도 노인 상담을 하겠다고 마음먹고 있으니 스스로 생각해도 참 어이없는 일이다.

아내는 경로석을 피하지 않는다. 신체가 경로석을

필요로 하기 때문이다. 그래서 자신이 노인임을 인정하지 않을 수 없다고, 그것이 편하다고 한다. 나는 아직 몸이 견딜 만하니 젊은 척하며 살고 싶은 것인지 모른다. 그런데 몸이 쌩쌩하다고 마음과 정신도 젊은 걸까. 인간 중심 상담의 창안자 '칼 로저스'는 노년의 삶에 대해 이렇게 말했다.

"내가 정말로 잘 아는 노인은 나 자신밖에 없다는 것을 깨달았다. 그래서 나는 '그 사람'에 대해서만 이야기한다."

결국 자신을 아는 사람은 자신밖에 없다. 노인이라고 예외는 아니다. 로저스가 말한 '그 사람', 곧 노인은 나이 들면서도 성장하고 있다고 느꼈다고 한다. 정지되어 있는 것은 '죽음을 사는 것'이라고 했다. 늙어간다는 사실을 거부하며 경로석을 피하고 있는 나는 도대체 무엇으로 성장하고 있는가. 집에 가면 정원에 앉아 생각을 좀 해봐야겠다.

50년 만에 떠난
가을 소풍

양평역 앞에서 친구들이 나오길 기다리는 동안 영화 〈소풍〉이 떠올랐다. 두 할머니와 한 할아버지가 60년 만에 고향으로 여행을 떠나는 이야기는 아득한 추억들이 배경이 된다.

곧 저 출구에서 나올 이들도 두 할머니와 한 할아버지다. 반세기 전 같은 대학, 같은 학과에 입학한 동기생들이다. 우리는 이제 70대에 들어섰다. 대학 때는 청춘의 나이에 남학생과 여학생 간에 약간의 서먹함이 있었겠지만 이제 그런 거추장스러운 것은 다 떨쳐 낸 나이다.

우리는 가을의 풍광과 정취가 절정에 이른 양평으로 소풍에 나선 참이다. 양평에 살고 있는 내가 운전기사 겸 가이드를 맡았다.

노인들이 아니랄까 봐 우리는 한적한 역에서도 길이 엇갈려 잠시 서로를 찾아 헤맸다. 나는 에스컬레이터 앞에서 기다렸는데 친구들은 엘리베이터를 탄 것이다. 벌써부터 엘리베이터를 타느냐고 타박하는 나에게 친구들은 이 동네 살면서 엘리베이터도 못 봤느냐고 면박이다.

오랜만의 친구맞이에 양복을 차려입은 나를 보고 친구들은 깔깔 웃는다. 소풍 차림에 전혀 어울리지 않는, 시골 노인이라는 뜻일 테다. 나는 운전기사는 복장부터 단정해야 한다고 얼버무렸다. 자연스레 내 호칭은 '김 기사'가 됐다.

나는 진지한 표정으로 역전에서 친구들의 환영식을 거행하겠다고 했다. 친구들은 놀라고 의아해했다. "네가 양평 군수냐" 하는 놀림을 뒤로 하고 휴대폰을 꺼내 유튜브 영상을 하나 틀었다. 곧이어 "중전마마 납시오"라는 우렁찬 외침과 함께 장중한 궁중음악이 흘러나왔다. 친구들이 박장대소했다.

우리는 남한강이 한눈에 들어오는 멋진 강변 카페로 갔다. 평일 오전이라 손님이 없어 우리의 전용 카페가 됐다. 나는 비공식 양평 홍보대사를 자처하면서 양평 홍보에 열을 올렸다. 그러나 친구들은 이 카페에 들어섬과 동시에 '아!' 하고 탄성을 지르고는 더 이상의 설명은 필요 없다는 표정들이었다. 빨갛게 물든 강변의 단풍나무가 유유히 흐르는 물결과 어우러지면서 그야말로 한 폭의 그림이 우리를 감쌌다.

수채화 같은 풍경 속에서도 우리는 별수없는 노인이었다. 자식들 결혼 문제, 건강 문제, 은퇴 후의 사회활동 등으로 대화 주제를 옮겨 가며 수다 경쟁을 펼쳤다. 한 친구는 나이 들어 미혼 남녀를 중매하는 일이 큰 복을 짓는 것이라며 스스로 백 쌍 이상의 남녀를 소개했다고 자랑했다. 당연히 이런 질문이 뒤따랐다. "그중에 몇 쌍이나 결혼에 골인했나?" 잠시 침묵이 흘렀다. 그리고 이어진 그의 답변에 우리는 배꼽을 잡았다. "아직 한 명도…" 그래도 그는 꿋꿋했다. 아들딸이 결혼하고 손주를 보는 재미가 얼마나 큰지 아느냐고 강조하면서 이날의 명언을 남겼다. "세상의 인간은 두 부류로 나뉘어. 손주가 있는 인간과 없는 인간으로."

우리의 대화와 웃음은 잠시의 멈춤도 허락하지 않았다. 현재와 과거가 뒤섞인 온갖 추억과 삶이 쉴 새 없이 쏟아졌다. 해마다 몇 번씩 해외여행을 다니는 친구는 외국의 재미있고 특이한 문화 경험담을, 평생 취미로 국악을 익히고 있는 친구는 자신의 삶에 스며든 국악 예찬을, 지금도 현역 이상으로 다양한 사회활동을 펼치는 친구는 자신의 무궁무진한 활약상을 쏟아냈다. 나도 나름 열심히 내 이야기를 전했다. 주로 시골살이에 대한 내용이었고 반응은 시큰둥했다.

카페에서 나와 식당으로 가는 길가에는 은행나무 가로수가 샛노랗게 물들어 있었다. 남한강의 파란 물결과 멋진 컬래버레이션을 연출했다. 식당은 평일임에도 손님들로 만원이었다. 양평의 정취를 즐기기에 최적의 계절인 것이다. 여기서도 우리의 수다는 그치지 않았다.

그리고 마침내 우리 집의 명물 체로키를 만날 시간. 친구들의 이번 양평 소풍은 '체로키 만나기'가 진짜 목적이었다. 얼마 전 나는 동기 단톡방에 체로키 나무가 거의 죽었다가 살아난 소식을 올렸다. 체로키 인디언 부족의 이름을 딴 이 나무가 얼마나 치열하게 사투를 벌여 죽음의 위기를 극복해 냈는가에 관한 이야기였다. 이를 읽고 친구들이 체로키를 꼭 한번 보고 싶다고 해서 양평 여행이 결정된 것이었다.

친구들은 키가 반으로 줄어든 체로키를 이리저리 살펴보고 쓰다듬으면서 참 장하다고 격려했다. 나무 아래에는 '격려 방문단'의 이름과 날짜를 적은 조그만 팻말이 꽂혔다. 그저 재미로 치부할 수도 있겠지만 죽음의 그림자를 뚫고 살아난 체로키의 서사가 친구들에게 준 감동의 표시였다.

가을이 깊어가면서 정원의 나무는 대부분 잎을 떨궜지만, 체로키는 진한 갈색으로 변한 잎들을 한 장도 떨어뜨리지 않고 있었다. 자신을 격려하러 오는 손님들을 기다리고 있었다는 듯이. 우리는 이듬해 봄에 체로키가 분홍꽃을 활짝 피우면 재회의 기쁨을 나누자고 약속했다.

체로키와 인사하고 정원 식탁에서 포도주 한 잔씩 나누며 수다를 이어가던 우리는 짧은 가을 해가 앞산을 넘어갈 즈음 자리에서 일어났다. 아쉽기 그지없었지만 우리에게는 이쯤에서 돌아가야 할 이유, 우리를 기다리는 일과 가족이 있다는 사실이 큰 행복으로 다가왔다.

친구들이 떠나가고 저녁 어스름이 내려앉은 정원을 천천히 걸어 본다. 체로키가 나에게 속삭인다.

"잘 살고 계세요. 멋져요."

아내의
전원 교향곡

무대에서 울려 퍼지는 합창의 선율을 들으며 나는 자꾸만 주책없이 눈물이 났다.

"할매들이 우째 이래 잘 하노."

나는 잘 알고 있다. 아내와 단원들이 이번 발표회에 얼마나 지극한 정성과 노력을 기울였는지를. 그리고 50여 년 동안 이 '하모니' 음악동호회가 이들의 삶을 얼마나 풍요롭게 만들어 왔는지를.

빨간 드레스를 입고 무대 위 뒷줄에 꼿꼿이 서서,

평소 끼지도 않는 안경을 쓰고 열심히 노래를 부르는 저 사람, 나의 아내는 지난 몇 달 동안 혼신의 노력을 다했다. 나는 그 시간의 생생한 목격자이자 증인이다.

아내는 일요일이면 경기도 양평에서 연습실이 있는 서울 강남까지 그 먼 거리를 전철로 왕복했다. 허리도 좋지 않고 무릎도 튼튼하지 않아 평소 전철을 한 시간 이상 타지 못하는 아내이건만 합창 연습 시기에는 왕복 네 시간 이상을 타고 다녔다. 그러면서도 표정은 늘 밝고 신이 나 있었다.

집에서는 또 어땠나. 거실에 악보 거치대와 키보드를 놓고는 낮이나 밤이나 연습에 매진했다. 우리 집은 시골 전원주택이라 한밤중에 아무리 고성을 내질러도 탓할 이웃이 없다. 매주 수요일에는 발성 레슨도 받았다. 발성 연습할 때 나오는 우습고 괴이한 소리에 나도 덩달아 웃음이 나곤 했다.

〈퐁당 퐁당〉 같은 동요를 부를 때는 아내를 놀리기도 했다. 뭐 그 정도 노래를 부르려고 그렇게 연습을 하느냐고, 나는 연습 한번 하지 않고도 잘한다며 약 올리듯 〈퐁당퐁당〉 노래를 부르곤 했다. 아내는 어이 없어 하면서도 이것이 내가 자기를 응원하는 방법이라는 걸 잘 알고 있었다. 나의 장난에도 아랑곳하지 않던 아내는 지휘자 선생님이 편곡을 너무 세세하고 어렵게 했다며 힘들어하곤 했다. 그러나 시간이 지나면서 편곡이 참 좋다고 감탄했다.

아내에게 지난 몇 달은 음악과 합창 외에는 아무것도 없는 시간 같았다. 다른 단원들도 마찬가지였을 것이다. 분명 아내보다 더한 열정을 쏟은 사람도 있을 것이다. 그런 단원들이 내는 합창 선율이기에 그 소리에는 순수함과 우정과 멋짐, 그리고 삶에 대한 열정이 고스란히 담겼다. 그러니 나 같은 음악 문외한의 마음도 울렸을 것이다.

이들의 노래는 단순한 합창이 아니었다. 대학 시절에 함께 노래하며 우정을 나누던 음악동호회의 탄생 55주년을 자축하는 자리가 아닌가. 젊은 날의 열정과 꿈, 치열하게 가꿔온 삶, 고갯마루에서 뒤돌아보는 인생길, 그리고 앞으로 나이 때문에 기죽지 말고 더욱 힘차고 풍요롭게 살아보자는 단단한 다짐… 이 모든 것이 녹아들어 어디에서도 들을 수 없는 환상교향곡을 완성했다.

음악은 평생 아내의 삶을 지탱하는 든든한 버팀목이었다. 아내는 원하는 만큼 발성이 되지 않으면 며칠을 힘들어하면서도 그 고통마저 소중하게 여겼다. 나는 사실 아내의 음악 인생의 희생자라고 할 만하다. 우리가 처음 만난 대학 1학년 때부터 나는 아내가 이끄는 대로 음악 감상실과 클래식 음악 카페 등을 순례해야 했다.

음악에 별다른 관심도 재능도 없는 나는 그 음악이 지겨워 졸기 일쑤였다. 나도 노래 부르기는 좋아하지만 주로 뽕짝, 요즘 말로는 트롯 계열을 선호한다. 집에서 막걸리 한잔 마시고 뽕짝 한 곡을 뽑으면 아내는 "그래도 목소리는 좋다"고 칭찬해 준다.

어쨌든 전문 음악인이 아닌 아내가 평생 음악과 희로애락을 나누고 있는 데에는 50년 이상을 함께해 온 동호회 친구이자 동지들이 큰 힘이 된 덕이 크다. 게다가 이웃의 눈치 볼 것 없이 마음껏 노래 부르고 음악을 들을 수 있는 정원과, 노래와 음악을 함께 들어주는 꽃과 나비가 아내에게 무엇보다 큰 용기를 주었으리라 믿는다.

나는 객석에서 힘껏 외쳤다. "브라비Brave!", "멋있다!", "잘한다!", "너무 잘한다!" 등을 연호하면서 자꾸만 눈물이 났다. 이들의 화음이, 그 인생이 너무나 아름다웠기 때문이다.

마침내 지켜진
다짐

아침에 눈을 뜨며 다시 한번 다짐했다. 어제 잠자리에 들면서 수없이 되뇌었던 결심을 또 한 번 가슴에 새겼다. '오늘은 무슨 일이 있어도 짜증을 내지 않겠다. 그 어떤 상황이 닥쳐도 안 된다. 목에 칼이 들어와도'라는 문구를 속으로 비장하게 외쳤다.

나는 평소 불쑥불쑥 짜증을 잘 낸다. 운전할 때 옆 차가 불쑥 끼어들면 한마디 내뱉는다. 인터넷으로 산 조립품이 마음처럼 착착 조립되지 않으면 금세 언성을 높인다. 조용한 전원주택가 도로를 오토바이가 굉음을 내며 달릴 때는 욕을 바가지로 해준다. 물론 오토바이는 쌩 지나간 뒤다.

곁에 아무도 없을 때는 짜증이 잘 나지 않는 걸 보면 짜증은 상대에게 나의 감정을 알아달라는 표시인지도 모르겠다. 시골 전원주택에 단둘이 살다 보니 평소 나의 짜증을 고스란히 받아내야 하는 사람은 다름 아닌 아내다. 말투가 거칠어지면 아내는 자기에게 무슨 불만이 있어 그러나 마음을 쓴다. 아내는 내가 평소에 잘하다가도 한 번씩 짜증을 내는 바람에 그동안 쌓아온 점수를 한입에 톡 털어먹는다고 말한다. 짜증 내는 말을 듣고 기분 좋을 사람이 어디 있겠는가. 내가 짜증을 내면 아내는 대꾸 대신 입을 꾹 닫아버린다.

오늘은 아내가 합창 발표회를 하는 날이다. 50년 전 대학 시절부터 활동해 온 음악동호회의 창립기념 합창회다. 아내의 음악적 열정은 놀라울 정도이고, 이번 공연 연습에 기울인 정성과 노력은 상상 이상이었다. 아내는 정원의 꽃들에게 노래를 불러주고, 발성이 시원찮으면 꽃들에게 하소연하며 연습에 매진했다.

문제는 발표회 장소가 서울의 번잡한 곳에 있는 대학 캠퍼스라는 사실이었다.

나는 운전을 싫어한다. 때로는 두려움마저 느낀다. 서울 나들이 때는 대부분 전철을 이용하지만 오늘 같은 날 아내를 전철로 모실 수는 없다. 며칠 전부터 내비게이션으로 경로를 보고 또 보았다. 아내의 대학교가 있던 곳이라 연애 시절에는 매일 같이 드나들던 지역이지만 수십 년 만에 찾는 그곳은 처음 가는 길이나 다름 없었다.

내비게이션이 알려준 소요 시간은 두 시간에서 세 시간 정도였다. 처음 가는 길, 주말의 서울 시내, 게다가 장거리 운전. '과연 내가 짜증 한 번 내지 않고 무사히 왕복할 수 있을까?' 불가능해 보였다. 나의 짜증 한 번은 아내의 설렘과 기대에 찬물을 끼얹을 게 뻔했다. 어쨌든 짜증을 참아보자고 다짐하면서 어제 잠자리에 들면서, 또 오늘 아침 눈을 뜨자마자 '목에 칼이 들어와도'를 마음속으로 외쳤다.

합창회로 가는 길은 초반부터 몇 번의 고비가 있었지만 '목에 칼이…'를 되뇌며 용케 버텼다. 그러나 외

곽순환도로에서 서울 시내로 접어들자 위기가 닥쳤
다. 꼬불꼬불한 골목길의 연속이었다. 내비게이션에
서는 연이어 죄회전과 우회전 지시가 내려졌지만 핸
들을 돌리기도 전에 지나쳤다. 길은 좁고 다른 차가
튀어나올까 아슬아슬한데 내비게이션에서는 "새로운
경로로 안내합니다"라는 멘트가 반복되어 나왔다. 머
리가 돌 지경이었고 손에서는 땀이 났다. 아내도 처음
에는 이런저런 훈수를 두더니 내 표정에서 사태의 심
각성을 깨달았는지 조용해졌다.

천신만고 끝에 삼청터널을 발견하는 순간 안도의
한숨이 나왔다. 광화문에서 직장 생활을 했던 나에게
익숙한 삼청터널은 구세주나 다름없었다. 하지만 그것
도 잠시, 토요일 광화문 일대는 집회로 교통이 엉망이
겠다는 생각에 한숨이 절로 났다. 그렇다 해도 그 악몽
같은 골목길로 되돌아갈 생각은 전혀 없었다. 기어서
라도 아는 길로 가기로 했다. 다행히 청와대 주변 우
회로는 그런대로 통행이 원활하게 이뤄지고 있었다.

목적지에 시간 맞춰 도착했고 합창회도 성황리에
끝났다. 하지만 일행과 식사하는 동안에도 나는 귀갓

길이 걱정되어 음식맛을 제대로 느낄 수가 없었다. 돌아갈 때는 다른 코스를 택했지만 역시 지옥길이었다. 캄캄한 밤, 외곽순환도로 진입로에서 길을 잃어 뺑뺑 돌고, 차선을 잘못 들어 역주행하다 자칫 충돌 사고를 낼 뻔하기도 했다. 모든 게 내가 운전에 미숙한 탓이었지만 나는 속으로 세상의 모든 대상을 향해 분풀이를 하고 있었다.

우여곡절 끝에 집에 도착한 우리 부부는 포도주를 나누며 오늘의 공연을 자축했다. 아내는 공연이 잘되었다며 무척 기뻐했다. 나는 짜증을 참아낸 스스로가 대견스러웠다. 아내는 피곤하다며 먼저 잠자리에 들었다. 나는 포도주잔을 들고 정원으로 나왔다. 나 자신에게 상을 주기 위해서였다. 오늘 같은 상황에서 짜증 한번 내지 않은 것은 대단한 일이다. 남들이 보기에는 아무것도 아닐 수 있지만 나는 뿌듯했다. 앞으로도 감정 변화에 휘둘리지 않으리라 다짐하며 나는 큰 소리로 외쳤다. "목에 칼이 들어와도!" 달빛에 비친 정원의 꽃나무들이 환히 웃고 있었다.

1인 다역
팔불출의 기쁨

막걸리 한잔을 쭈욱 들이킨다. 속이 찌르르하다. 지금은 오후 5시, 낮술도 아니고 저녁 술도 아닌 애매한 술이다. 내 마음도 애매하다.

나는 오늘 다섯 시간 이상을 자동차 속에 있었다. 낮 12시쯤 차를 몰고 집을 나갔다가 이제야 돌아왔다. 가장 먼저 아내가 성악 레슨을 받는 문화센터에 내려준 뒤 호젓한 남한강 강변 주차장에 차를 세우고 기다렸다. 매주 반복되는 일과라 차 안에서 책 보고 음악을 듣는 일이 버릇처럼 익숙해졌다.

한 시간쯤 뒤 근처 평생학습센터로 이동했다. 다음 주에 있을 아내의 독창 공연에 대비한 리허설이 예정되어 있었다. 여기서는 세 시간 정도 차 속에서 기다렸다. 근처 카페로 갈 수도 있었지만 아내가 언제 나올지 정확히 모르는 데다 집에서 타 온 커피도 있어 차 안이 더 편했다.

낮 기온이 영하 5도로 떨어진 날씨에 차 안에서 몇 시간씩 있는 게 쉬운 일은 아니었다. 그나마 휴대폰으로 이런저런 글을 쓰면서 무료함을 달랠 수 있어 다행이었다. 휴대폰 글쓰기는 내가 김 기사가 된 후 빠트릴 수 없는 작업이 되었다.

신기한 것은 이렇게 다섯 시간을 차 속에서 보내면서도 짜증이 나지 않는다는 사실이다. 나는 원래 그리 마음이 넓고 느긋한 편이 아니다. 몇 년 전이었다면 나는 가차없이 말했을 것이다. "나더러 몇 시간을 차 속에 있으라고?" 하지만 지금, 무엇이 나를 이렇게 변하게 했을까. 막걸리를 마시며 얼얼해진 기분으로 생각해 본다.

은퇴와 함께 나의 모든 사회적 직책이 사라졌다. 대신 집에서 새롭게 부여된 직책이 어마어마하다. 김 기사, 김 비서, 김 집사, 정원사… 모두 아내가 준 직책이다. 이게 무엇을 뜻하겠는가. 아내가 원하는 곳이면 어디든 차로 모셔야 하고, 아내가 원하는 일은 뭐든 알아서 처리해야 하고, 아내가 집 청소를 하라면 즉각 해야 하고 고장난 물건은 스스로 고쳐야 하며, 정원 일도 도맡아 해야 한다. 모두 나의 새로운 책무들이다.

기가 막힐 지경이다. 가장 기가 막히는 것은 이런 과중한 역할에도 전혀 화가 나지 않는다는 사실이다. 은퇴하면서 기가 죽었나, 멍청해졌나, 아니면 치매 초기인가. 그러나 나는 안다. 많은 게 달라졌다는 사실을. 무엇보다 내가 삶을 바라보는 관점과 일상을 살아가는 태도가 변했다. 무엇이 나에게 중요한 것인지를 확실하게 알게 됐다.

그동안 나를 움직인 것은 나를 바라보는 외부의 시선이었다. 남들이, 사회가 나를 어떻게 바라보고 판단하는지가 내 생각과 행동의 기준이었다. 심리학자 '칼 융'은 이를 '페르조나persona'라고 했다. 가면이라는 뜻이다. 우리는 대부분 가면을 쓰고 살아간다.

이제 나는 페르조나를 벗고 내 안의 목소리에 귀 기울이려 노력한다. 내가 진정으로 원하는 게 무엇인지, 나를 진정으로 기쁘게 하는 게 무엇인지를 알려고 애쓴다.

은퇴하고 시골로 내려와 정원 가꾸기에 전념하는 동안에는 내가 의식해야 할 외부의 시선이라는 게 있을 리 만무하다. 대신 정원의 꽃과 나무들과 대화를 하다 보면 그게 곧 나 자신과의 대화임을 깨닫는다. 나와의 대화가 깊어질수록 삶의 철학과 태도가 변하게 마련이다. 정원은 나에게 아름다울 뿐 아니라 때로 신비로운 공간으로 다가온다. 분명 내가 정원을 가꾸는 데도 가만히 보면 정원이 나를 가꾸고 있다. 그래서인가. 나의 수많은 직책 중 정원사에 가장 애착이 간다.

한 가지는 분명해졌다. 아내를 기쁘게 하는 일이 나를 기쁘게 한다는 사실이다. 그렇기에 이 많은 직책이 거추장스럽지 않고 소중한 훈장으로 여겨진다. 누군가 "아이고, 이 팔불출아"라고 말한다면 유쾌하게 웃어줄 것이다. 네가 팔불출의 기쁨을 아느냐고.

아내의 또 다른
'당신'

아내가 한 달여 만에 다시 무대에 섰다. 지난번은 합창이었고, 이번에는 독창 무대였다. 연습 기간 내내 아내는 벌써부터 떨리는 눈치였다. 하도 긴장하길래 내가 슬쩍 핀잔 섞인 응원을 건넸다.

"당신, 지금 라 스칼라 무대에 서는 거야?"

'라 스칼라La Scala'는 30여 년 전 우리 부부가 가보았던 이탈리아 밀라노의 세계적인 음악 극장이다. 이번에 아내가 서는 무대는 우리가 사는 양평의 문화회

관에서 열리는 작고 순수한 아마추어 문화행사였다.

"당신 실력이면 이런 무대는 좁지. 기 좀 펴!"

그래도 아내는 긴장을 풀지 못했다. 나는 잘 알고 있었다. 음악을 대하는 아내의 태도가 얼마나 진지하고 뜨거운지를 말이다. 아내는 올해로 고희古稀를 맞는 나이지만, 어릴 때부터 평생을 이어온 음악에 대한 열정만큼은 세월을 비껴가는 듯 늙지 않는다. 아니, 오히려 시간이 흐를수록 그 열망은 더 선명하고 단단해지는 모양새다. 나이듦에서 오는 초조함 때문에 더욱 절실해져서 그런가 싶기도 하다.

이번 무대에서 아내가 부를 노래는 이탈리아 가곡 〈투 로 사이Tu lo sai〉였다. 우리말로 직역하면 '당신은 그것을 알고 있습니다'라는 뜻이다. 가사의 속뜻을 들여다보면 '내가 당신을 얼마나 사랑하고 있는지 당신은 이미 알고 있잖아요'라는 애절한 고백이 담겨 있다고 아내는 설명해 주었다. 나는 아내에게 물었다.

"노래 속의 'Tu(당신)'가 당신한테는 누구예요?"

아내는 나를 바라보며 빙긋이 웃더니 대답했다.

"당신이지 누구겠어요?"

나는 약간 정색하며 고개를 저었다.

“아니, 그건 내가 아니에요.”

의아한 표정을 짓는 아내에게 나는 나직이, 그러나 분명하게 말했다.

“당신의 ‘Tu’는 음악이에요.”

아내는 순간 멈칫했다. 깊은 속마음을 들킨 사람의 표정이었다. 잠시 말을 잇지 못하던 아내는 이내 웃으며 고개를 끄덕였다. 그랬다. 아내에게 음악은 평생의 짝사랑 대상이자, 자신의 존재를 증명하는 통로였다.

정확히 10년 전이었다. 자신의 목소리가 알토라고 알고 있던 아내는 환갑이 되던 해, 자신의 진짜 음역이 소프라노라는 사실을 알게 되었다. 개인레슨을 해 주던 성악가가 아내의 정확한 음역을 짚어준 것이다. 아내는 이틀을 울었다. 높은 음역에 대한 갈망이 늘 가슴 한구석에 있었지만 ‘나는 알토야’라며 포기하고 산 지난 세월이 억울해서, 그러나 이제라도 희망이 생겨 펑펑 울었다고 했다.

다음 생에는 반드시 소프라노로 태어날 것이라고 다짐 아닌 다짐을 해 왔던 아내는 내세까지 기다리지 않

겠다고 선언했다. "이제 소프라노 한 살"이라며 열 살
에는 예술 중학교에 입학하겠다고 했다. 그때가 환갑
이었고 어느덧 10년이 지나 고희가 된 것이다.

아내의 독창 공연은 성공적이었다. 리허설 때만 해
도 긴장감에 목소리가 움츠러드는 듯했지만 본무대
에 올라선 아내는 달랐다. 그간의 연습이 헛되지 않
았음을 증명하듯 자신감이 묻어났다. 노래가 끝난 뒤
객석에서 "브라바Brava!" 하는 환호가 터져 나왔다. 사
실은 내가 목청껏 외친 소리지만 나도 엄연한 관객이
니 충분히 의미 있는 감탄이리라. 성악 지도 선생님도
"정말 잘했어요"라며 엄지를 치켜세웠다. 아내 역시
스스로 만족스러운지 환한 미소를 지었다.

공연을 마치고 돌아온 저녁, 아내가 상기된 얼굴로
나에게 물었다.

"나 예술 중학교에 합격시켜 줄 거예요?"

나는 한 치의 망설임도 없이 기쁘게 외쳤다.

"수석 합격이에요!"

우리 집
행복규칙

"앗!"

식탁에서 아침 식사를 하던 아내와 내가 동시에 비명을 질렀다. 나는 즉시 정수기로 달려가 온수와 냉수를 적절히 섞어 물을 한 컵 받아 아내 앞에 놓았다. 아내는 빙그레 웃으며 큰 소리로 외쳤다.

"감사합니다!"

나는 하루 세 끼, 매번 식사 때마다 아내에게 물을 떠 바친다. 수저를 들기 전에 미리 물을 갖다 놓는 것이 원칙이다. 아내가 식사 중에 먹어야 할 약이 있기 때문이다. 하지만 나는 자주 까먹고 식사 중간에야 '아차' 한다. 물을 챙기지 않았다는 사실을 깨닫는 순간, 나도 모르게 "앗!" 하는 비명이 터져 나온다. 그러면 아내도 덩달아 "앗!" 한다. 아내가 먼저 물이 없는 걸 발견해도 "앗!" 한다. 그러면 나도 "앗!" 하며 정수기로 달려간다. 오늘처럼 두 사람이 동시에 비명을 지르는 경우도 적지 않다.

우리 부부에게 이런 규칙이 생긴 건 TV 드라마 한 편을 보고 나서였다. 이혼 전문 변호사의 삶을 다룬 드라마였는데 다양한 사연이 나왔다. 그중 평생 남편과 자식 뒷바라지를 해오며 지친 노년의 여성이 황혼 이혼을 청구하는 이야기가 있었다.

그녀의 남편은 집에서 손 하나 까딱하지 않는 스타일이었다. 물 가져와라, 재떨이 가져와라, 저거 좀 치워라 등등 아내를 완전히 하인 취급했다. 그녀는 남편의 자질구레한 요구에 지칠 대로 지쳐 있었다. 자식들마저 엄마를 가정부 대하듯 했다.

아내는 평생을 꾹 참고 살다가 남편이 은퇴하고 자

식들이 다 성장하자 마침내 결단을 내린 것이다. 남편은 이런 일로 이혼을 요구하는 아내에게 화만 버럭버럭 냈다. 여자가 남편 심부름하는 건 당연한 일 아니냐는 식이었다.

결정적 사건은 법률사무소에서 터졌다. 양측 변호사가 입회한 가운데 부부가 마주 앉았다. 한창 공방을 벌이던 남편이 목이 탔는지 아내에게 말했다.

"어이, 저기 물 한 잔 가져와 봐."

그 말에 아내는 폭발하고 말았다.

"너는 손이 없어, 발이 없어? 네 물은 네가 떠먹어! 평생 저런 식이야. 여기까지 와서도 저 모양이라니, 어휴!"

남편은 완전히 충격을 받은 표정이었다. '평생 순종적이던 아내가 이럴 수가 있나.' 아내의 비명 같은 외침은 남편에게 많은 생각을 불러 일으켰다. 드라마는 부부가 당분간 졸혼 상태로 지내며 앞날을 생각해 보는 것으로 일단락 되었다.

드라마가 끝나자마자 나는 아내에게 선언했다. "앞으로 하루 세 끼, 물은 내가 떠서 당신에게 바칠게요."

그 약속은 지금까지 잘 지켜지고 있고, 덕분에 우리 식탁에서는 가끔 비명이 울려 퍼진다.

은퇴 후 부부 생활에서 남편이 아내를 하인 부리듯 하는 태도는 금해야 한다. 직장에 다닐 때는 퇴근 후 집에서 좀 쉬고 싶은 남편의 마음을 헤아려 아내가 배려해 주었을지 모른다. 그러나 하루 종일 집에서 함께 지내면서 자신을 하인 취급하는 걸 용서할 아내가 어디 있겠는가.

우리 집에는 이런 규칙도 있다. 각방을 쓰는 우리 부부는 매일 아침 거실에서 만나면 두 손을 배꼽에 모으고 정중하게 인사한다.

"안녕히 주무셨어요?"

저녁에 잠자러 들어갈 때도 마찬가지다.

"안녕히 주무세요."

장난처럼 시작된 일이지만, 해보니 하루를 여닫을 때 서로를 정중하게 대하는 게 참 좋다. 또 우리 부부는 서로에게 "감사합니다"라는 말을 건네는 게 하루에 최소 열 번은 넘는다. 밥 먹기 전후 약을 챙겨줄 때, 빨래를 가져다줄 때 등 사소한 일에도 감사를 입에 달고 산다. 그것도 아주 큰 소리로 말이다. 특히 기분이 가라앉을 때 목청껏 감사를 외치면 신기하게도 마음이 환해지며 기운이 생긴다.

이 모든 게 전원생활에서 비롯되는 여유임을 우리 부부는 잘 안다. 도시에서, 게다가 바쁜 직장생활을 할 때는 이런 여유를 갖기가 어려웠다. 말과 행동은 빨라야 했고 마음은 조급했다. 우리 집에 정원이 만들어지고 그 정원이 마음속에 들어서면서 조급함의 악순환이 느림의 선순환으로 바뀌고 있음을 말 한마디 작은 행동 하나하나에서 느끼고 있다. 이야기할 게 더 많지만 "잘난 척 그만하라"는 질책이 귓전에 울려 이만 줄여야겠다.

아들의 대답, '그냥요'

아들이 전화를 걸어왔다. 기다리던 참이었다. 아들은 오늘 아침에 한 여성을 만나러 서울에서 지방 도시로 내려갔다. 맞선 자리였다. 결과가 궁금하던 차에 아들에게 먼저 전화가 온 것이다.

"양평으로 갈게요."

"그래, 오늘 어땠어?"

"일단 집으로 갈게요. 근데 같이 가도 될까요?"

"뭐라고? 그 여자랑 같이 온다고?"

“네.”

“가만, 가만있어 봐…”

어이가 없었다. 오늘 처음 만난 여자를 집으로 데려온다고? 아들은 침착하고 신중한 성격이다. 아니, 지금까지 그렇게 알고 있었다.

그동안 몇 번 소개팅을 했지만 제대로 진척된 경우가 없었다. 그런데 오늘 처음 만난 여자를 집으로 데려온다니, 내가 알던 아들이 맞나 싶었다. 그러면서도 기분은 나쁘지 않았다. 아니, 기뻤다. 아내도 아들의 전화에 놀라 황당한 표정이었다.

어쨌든 당장 답을 해줘야 할 상황이었다. 상대 여성이 아들의 통화 내용을 옆에서 듣고 있는 듯했다. 길게 생각할 여유도 없었지만 오지 말라고 할 이유도 없었다. “그래. 같이 와라.”

전화기 너머 아들은 들뜨고 흥분해 있었다. 여성이 마음에 쏙 들었음이 쉽게 짐작 갔다. 나 또한 설레기 시작했다. 아내는 나보다 침착하게 손님맞이할 채비를 했다. 문제는 저녁때가 다 되었으니 식사를 대접해야 하는데 준비할 시간이 없다는 것이었다. “귀한 손님인데 우리 먹는 대로 대접할 수는 없잖아요.”

우리는 집 근처 한정식집에서 만났다. 분위기가 좋았다. 왠지 처음 보는 사람 같지 않아 금세 마음이 열렸다. 남녀가 맞선을 보고 바로 부모에게 인사하러 달려오는 일은 기네스북에 오를 일이 아니냐며 농담도 던졌다. 맞은편에 앉은 아들과 여성은 마치 오래 사귀어 온 연인 같았다. 하지만 내가 지인으로부터 이 여성의 이야기를 듣고 아들에게 연락처를 알려준 게 불과 일주일 전이었다. 아들은 서울에서, 여성은 지방에서 직장 생활을 하고 있어 오늘 같은 주말이 아니면 만나기 어렵다. 그러니 두 사람이 오늘 처음 만난 사이임은 분명한 사실이었다.

지난 일주일, 그리고 오늘. 둘 사이에는 도대체 무슨 일이 있었던 걸까. 둘은 일주일간 카카오톡과 SNS로 많은 이야기를 나누었다고 했다. 하루에 다섯 시간 이상 대화를 나누기도 했단다. 그러면서 아주 가까워졌고, 오늘 첫 대면은 서로의 마음을 확인하는 자리가 된 셈이다.

식사 중에 나는 가벼운 이야기를 건네면서 은근한

탐색전을 펼쳤다. 부모로서 알 건 알아야 하지 않겠느냐는 의무감도 들었다. 여성의 인상을 살피고 태도와 성격을 가늠하며 전공과 직장, 부모님의 직업과 가족 관계, 성장 배경 등을 파악하느라 머리가 빙글빙글 도는 느낌이었다. 내 머릿속에서는 방금 수집한 정보를 토대로 한 인간에 대한 평가와 판단이 쉴 새 없이 이뤄지고 있었다. 아들에게 물었다.

"너는 그녀가 왜 그렇게 좋으냐?"

아들은 간단히, 그리고 단호하게 답했다.

"그냥요."

아들의 대답이 나의 복잡한 머릿속에 묵직한 울림을 주었다. 내가 공부한 상담학에서는 내담자를 이리저리 평가하고 판단하는 것을 금기시한다. 상담에 적용되는 모든 원리는 일상 속 인간관계에서도 통용된다. 그렇다면 지금 앞에 앉은 이 여성을 내심 평가하고 판단하고 있는 나는 도대체 무엇인가. 상담은 상담이고 현실은 현실이라고 치부하면 그만인가. 그동안 상담학을 공부하며 쌓아온 것이 와르르 무너지는 순간이었다.

어쩌면 아들의 대답이 정답 아닐까. "그냥." 사람이 사람을 만나 사랑하고 결혼하는 데 어떤 이유가 필요할까. 무엇을 얼마나 더 따져 보고 평가하고 판단해야 하는 걸까. 아들이 자기 마음과 감정에 충실한 결혼을 하기를 간절히 바란다. 아직도 이것저것 더 따지고 싶어 하는 나의 속마음은 들키지 않았으면 좋겠다. 부모니까 더 따지는 것이 아니라 부모니까 자식이 사랑하는 사람을 있는 그대로 인정하고 수용할 수 있었으면 좋겠다.

나비인가
나방인가

요즘 내 마음은 내내 붕붕 떠다닌다. 기분이 좋고 신이 난다. '명랑하다'는 말이 딱 어울린다. 아내는 이런 나를 보고 나비 같단다. 여기저기 펄럭이며 날아다니는 커다란 나비 한 마리라는 것이다. 사람이 가벼워 보인다는 질책 같기도 하고, 아름다워 보인다는 칭찬 같기도 하다. 뭐든 어떠랴.

내가 한 마리 나비가 된 건 아들이 결혼을 결정하면서부터다. 장가 가라고 그렇게 떠밀어도 꿈쩍도 않

던 아들이 첫 만남에서 상대 여성과 결혼을 약속하다
니! 주변에선 영화 같은 이야기라는데, 나는 영화보다
더 극적인 스토리라고 여긴다.

두 사람은 결혼 날짜를 잡고 예식장을 예약하고 웨
딩사진을 찍느라 난리도 아니었다. 벌써 예단과 봉채
도 오고 갔다. 말 그대로 '빛의 속도'다. 신부 부모님
은 예비 사위 얼굴도 보기 전에 딸 이야기만 듣고 결
혼을 허락했다.

우리 부부는 결혼식에서 축가를 부르기로 했다. 아
들은 못마땅해하는 기색이었지만 예비 며느리는 대
환영이라고 했다. 아들 본인을 포함해 현역 가수 등
축가를 부를 후보들이 많아서 경쟁이 치열했지만 예
비 신부가 결정적으로 우리 손을 들어주었다.

주변에선 너무 서두르는 것 아니냐며 걱정도 한다.
하지만 두 사람의 인연을 맺어준 사람은 나와 오랫동
안 신뢰를 쌓아온 지인이다. 무엇보다 신부의 인상과
태도, 거기서 느껴지는 성격과 가치관이 내 맘에 쏙
들었다. 그러니 마음이 붕붕거릴 수밖에 없다. 역시
사람이 먼저다.

아내는 아무리 며느리 사랑은 시아버지라지만 정신 좀 차리라고 타박한다. 나는 말로는 "네, 네" 하면서도 예비 며느리 사진에서 눈을 떼지 못한다. 이런 나를 보고 아내는 나비인 줄 알았더니 나방이라고 놀린다. 나는 아내더러 벌써 며느리를 질투하느냐고 반박하며 웃는다.

한 사람이 우리 가정의 문을 열고 들어와 새 식구가 되려고 한다. 축복과 엄숙한 축제의 순간이다. 이 기쁘고 설레는 마음을 나는 굳이 숨기거나 억누르고 싶지 않다. 점잖 떨어서 얻을 게 뭐가 있겠나.

상담학을 공부하며 알게 된 정현종의 〈방문객〉이라는 시가 있다. 상담자가 내담자를 맞을 때의 마음가짐을 가르쳐주는 것 같아 가슴에 새겼다. 지금 이 순간 이 시는 새 식구를 맞는 우리 가족의 마음을 그대로 대변해 주는 듯하다.

사람이 온다는 건
실로 어마어마한 일이다.
그는

그의 과거와

현재와

그리고

그의 미래가 함께 오기 때문이다.

한 사람의 일생이 오기 때문이다.

부서지기 쉬운

그래서 부서지기도 했을

마음이 오는 것이다 – 그 갈피를

아마 바람은 더듬어 볼 수 있을

마음,

내 마음이 그런 바람을 흉내낸다면

필경 환대가 될 것이다.

붕붕 뜨는 이 마음을 이제 새 식구에 대한 진정한 이해와 환대의 마음으로 채워야겠다.

달려라,
상견례

"빨리, 빨리!"

우리 부부는 허겁지겁 KTX에서 내려 지하철을 타기 위해 달렸다. 청량리 기차역에서 지하철역으로 가는 길은 왜 그리 멀고 복잡한지! 우리는 어서 빨리 서울역으로 가야 했다. 절대 늦어서는 안 되는 만남인데 시간이 너무 아슬아슬했다. 지하철을 한 대만 놓쳐도 영락없이 지각이었다. 택시를 탈까, 생각도 했지만 주말 시내의 교통 체증을 생각하면 지하철이 나을 것 같았다.

헉헉거리며 계단을 뛰어 올라가 막 출발하려는 지하철에 간신히 몸을 실었다. 거친 숨을 고르며 시계를 보니 다행히 지각은 면할 듯 싶었다. 먼저 도착한 아들이 서울역 지하철 출구에서 기다리겠다는 문자를 보내오니 마음이 조금 편해졌다.

하지만 아뿔싸! 주말의 서울역은 그야말로 인산인해였다. 아들을 도저히 찾을 수가 없었다. 전화와 문자를 주고받으며 겨우 가족 상봉을 하고 나니 불과 약속 시간 2~3분 전. 다시 인파를 헤치고 전력 질주해야 했다. 식당에 도착하니 딱 약속 시간 정각이었다.

그런데 이를 어쩌나. 이번엔 화장실이 급했다. 양평 집을 나선 지 한참 지났으니 당연한 일이지만 하필 이 타이밍이라니! 별수없이 화장실로 뛰어갔다.

오늘은 아들 결혼을 앞두고 예비 사돈댁과 상견례를 하는 날이다. 얼마나 어려운 자리인가. 게다가 사돈 가족은 부산에서 올라오셨다. 그래서 장소도 서울역 역사 안에 있는 식당으로 잡은 건데 우리가 늦는다는 건 말이 안 되는 일이었다. 살면서 겪는 수많은 만남 중 상견례보다 예의를 갖춰야 하는 자리는 드물지 않은가.

우리 부부는 며칠 전부터 이 날을 철저히 준비했다. 무슨 말을 해야 할지, 선물은 무엇으로 할지 고민했다. 아들에게는 예비 며느리를 통해 사돈의 취향과 성격을 알아 오라는 특명까지 내렸다. 양평-청량리행 KTX도 미리 예약해 뒀다. 모든 게 완벽했기에 늦는다는 건 상상조차 못 했다. 그런데 그 상상 못 할 일이 현실로 나타나게 생긴 것이었다.

사건은 당일 아침에 터졌다. 설레는 마음으로 차를 몰고 집 근처 원덕역으로 갔다. 거기서 전철을 타고 한 정거장 거리인 양평역으로 가서 KTX로 갈아탈 계획이었다. 원덕역에 도착해 아내가 먼저 내리고 내가 주차 자리를 찾던 그때 아내로부터 전화가 왔다. 다급한 목소리였다. "여보, 여보! 집에 다시 가야 해!"

이게 무슨 소리인가? 예비 사돈댁에게 드릴 선물을 잊고 왔다고 했다. 미리 챙겨둔다고 현관 앞에 두고는 깜빡했다는 것이다. 다시 집에 갔다 오면 이번 전철은 못 타고 당연히 예약한 KTX는 놓칠 판이었다. 다음

KTX는 한 시간 뒤인데다 주말이라 좌석이 남아 있는지도 장담할 수 없었다. 그렇다고 전철로 서울역까지 가자니 최소 한 시간은 늦을 게 뻔했다. 차를 몰고 가면 더 늦을 것이다. 결국 나는 결단을 내렸다. "좋아, 한번 해보자!"

아내에게 이제부턴 무조건 뛰어야 한다고 신신당부하고 집으로 핸들을 돌렸다. 아내가 집으로 뛰어 들어가 물건을 들고 나오자마자 곧장 양평역으로 질주했다. 피 말리는 시간이었다. 양평역 주차장에 차를 던지듯 세우고 역 안으로 달렸다. 에스컬레이터 위에서도 뛰었다. 우리는 열차와 거의 동시에 플랫폼에 도착했다.

그렇게 뛰고 달리고 헉헉거린 끝에 마침내 상견례 자리에 앉은 우리였다. 미리 준비했던 인사말은 달리고 뛰는 길에 다 흘려버렸는지, 나는 그저 "아이고, 반갑습니다"라는 말만 반복했다. 천신만고 끝에 만나서인지 정말로 반가웠다. 사돈 부부의 푸근한 표정을 보는 순간, 내 긴장도 눈 녹듯 사라졌다.

보통 상견례는 결혼을 결정짓는 마지막 관문이라

긴장되기 마련이지만, 우리는 이미 날짜까지 잡아놓은 터라 사실상 자축하는 자리였다. 예의는 갖추되 마음껏 웃고 떠들었다. 사돈댁도 정원이 있는 단독주택에 살고 있어 화제도 풍성했다. 시골에 와서 처음엔 쑥이랑 국화를 구분 못 했다는 이야기에 “우리는 파와 부추를 구별 못 했어요”라며 서로 맞장구를 쳤다. 자식 자랑도 슬쩍 하고 적당히 흉도 보면서 웃었다.

식당 직원이 브레이크타임이라며 나가달라고 할 때까지 우리는 시간 가는 줄 몰랐다. 누가 이 자리를 엄숙한 상견례라고 생각할까. 식당에서 나온 우리는 아쉬움이 남아 커피 한 잔 더 나눌 곳을 찾아 서울역사를 헤맸다. 인파로 넘쳐나는 서울역사에서 안타깝게도 우리 8명이 앉을 자리는 어디에도 없었다. 결국 큰길 건너 맞은편 건물까지 가서, 그것도 복도 자리에 간신히 자리를 잡았다.

점잖게 헤어질 수도 있었지만 우리는 왜 인파 속을 헤매면서까지 함께할 시간을 늘리려 애를 썼을까. 아마 만나는 순간부터 서로 깊은 친밀감이 생겼기 때문일 것이다. 어수선한 복도 자리에서도 우리는 한 식구처럼 편안하고 즐거웠다. 잘생긴 사돈총각은 꼭 친조카 같아서 어깨를 몇 번이나 두드려주었다. TV프로 〈세상에 이런 일이〉에 나올 법한 특이하고 유쾌한 상견례였다.

결혼이라는 거사는 신경 쓸 일 투성이지만 나는 마냥 즐겁다. 축제를 축제답게 즐기고 싶다. 한 가지 바람이 있다면 이제 달리기는 그만했으면 좋겠다. 아내는 아직도 다리가 뻐근하다며 웃는다.

겨울 정원의
숨결

영하 16도. 입춘이 사흘 지난 아침이지만 한 겨울 공기가 매섭다. 입춘은 태양이 돌아가는 길(황경)을 360도로 나누었을 때 정확히 315도에 도달한 순간을 의미한다. 24절기의 첫 시작이다. 그러나 이 순간이 봄의 시작을 뜻하지는 않는다.

입춘의 입은 '들 입入'이 아니라 '설 입立'이다. 봄에 들어서는 것이 아니라 봄이 일어선다는 의미다. 봄이라는 계절이 이제 막 기틀을 잡고 일어선다는 뜻이다.

입춘을 전후해 날씨는 오히려 가장 춥게 느껴진다. 봄은 아직 아득하다. 눈과 얼음이 녹아 빗물이 내린다는 우수雨水와 칩거하며 겨울잠을 자던 동물들이 봄기운에 놀라 튀어나온다는 경칩驚蟄을 지나야 비로소 봄에 들어서는 '입춘入春'이 될 것이다.

40여 년 전, 초년병 기자 시절에 양평의 혹한을 취재하러 온 적이 있다. 그때 처음 와 본 양평의 기온은 영하 27도였다. 소주병이 얼어 터질 정도였다. 그날 이후 나에게 양평은 추운 곳으로 각인되었다. 실제로 강과 산으로 둘러싸인 양평은 겨울이면 서울보다 평균 5도 정도 기온이 낮다. 위도상으로는 양평이 서울보다 살짝 남쪽이지만 오히려 더 춥다.

우리 집 겨울 정원은 하얗다. 눈이 쌓여서이기도 하지만 월동 조치로 나무들에 하얀 비닐을 씌워 놓았기 때문이다. 양평 추위에 걸맞게 비닐을 충분히 사용해 나무를 둘둘 감싸 놓는다. 밤이면 어두운 정원에서 흰 유령들이 무도회를 여는 것 같다.

겨울 정원은 얼핏 침묵과 죽음의 공간으로 여겨진다. 메마른 가지들이 여기저기 흩어지고 새와 나비들

도 사라진 풍경에는 황량하다는 형용사가 따라다닌
다. 그러나 봄의 정원을 가만히 살펴보노라면 그 봄의
정원을 잉태하고 키워낸 겨울 정원이 달리 느껴진다.
이제 막 녹기 시작하는 대지를 뚫고 나오는 여리고 여
린 새싹들을 품고 키워낸 계절은 무엇인가. 월동 비닐
안에서 나뭇가지 끝에 달려 봄을 기다려 온 새싹의 눈
을 왜 겨울눈이라고 부르는가. 봄, 여름, 가을의 화려
한 색채들이 사라지고 갈색과 회색이 내려앉은 겨울
정원의 땅에서는, 그 깊은 곳에서는 도대체 무슨 일이
벌어지고 있는 것일까.

인간의 눈에 보이는 것만으로 겨울 정원을 말할 수
있을까. 겨울 정원은 생명이 사라진 것이 아니라 무수
한 생명들이 응축되고 다져지는 곳이다. 응축된 그 생
명들은 곧 대지를 뚫고 나와 화산처럼 폭발할 것이다.
죽음의 폭발이 아니라 생명의 대폭발이다. 땅에는 새
싹들이 빈틈없이 솟아날 것이고 나뭇가지에는 무수
한 잎눈과 꽃눈의 행렬이 이어질 것이다. 우리의 마음
과 입에서도 봄의 탄성이 터져 나올 것이다.

겨울의 한가운데서, 겨울 정원의 한복판에 앉아 가

만히 귀 기울여 본다. 땅 아래서 수많은 생명을 품고 지키는 거대한 숨결이 들리는 듯하다. 나무는 겨울 동안 수분을 빼내 세포가 얼어 터지는 것을 방지하고, 전분을 당분으로 바꾸어 천연 부동액을 만든다. 소리 없는 작업들이 분주히 이뤄지고 있는 정원에는 거대한 침묵의 굉음이 인다.

해질녘, 낮게 깔린 겨울 햇살이 마른 억새풀과 풀꽃들을 투과할 때 정원은 황금빛으로 타오른다. 갈색 잔해들이 빛을 머금고 보석처럼 빛나는 순간이다. 새로운 생명을 탄생시키기 위한 정화淨化의 시간, 코끝에 스치는 매서운 공기가 상큼하다.

사람 마음만큼 미묘하고, 변화무쌍하고, 깊고, 알 수 없는 것이 또 있을까. 더구나 우리의 정신과 마음은 의식이 아니라 무의식의 지배를 받는다고 하니 더욱 어렵기만 하다.

나에게는 정원이 무의식을 탐색하는 또 하나의 통로가 되고 있는지도 모르겠다. 정원을 가꾸고 바라보고 있으면 내면 깊은 곳에서 무언가 꿈틀대고, 때로는 신비로울 정도의 평온이 찾아온다.

이 오묘하고 알 수 없는 사람의 마음을 다루는 것이 상담이다. 그러니 어려울 수밖에 없다. 상담자는 어떤 도구도 사용할 수 없다. 엑스레이도, MRI도, 약도, 수술도 없이 오직 상담자 자신의 마음과 경험만으로 내담자의 내면을 통찰해야 한다. 그게 어디 쉽겠는가.

상담대학원에 입학해 첫 상담 실습을 했던 순간을 잊지 못한다. 그때의 심정을 시로 남겼다. 그 시의 제목은 상담대학원을 졸업하며 펴낸 출판물의 제목이 되었고, 이 책의 마지막 페이지를 닫는 글이 되었다. 상담을 대하는 마음가짐은 그때나 지금이나 다르지 않다. 그 시를 다시 읊으며 초심을 되새겨 본다.

저기 그곳에 내가 서 있네
-첫 상담 실습 3회기를 마치며-

하늘을 우러러 한 점 부끄럼 없이
잎새에 이는 바람에 괴로워하지 않고도
당신은 운동주를 알 수 있습니까.

주체할 수 없는 격정에 자신의 귀를 잘라

철철 흐르는 피를 보지 않고도

우리는 빈센트 반 고흐를 알 수 있을까요.

사람이 사람의 마음을 안다는 것

그 공감으로 내 가슴에 울림이 온다는 것

그런 벅찬 길, 그런 유혹의 길이 있다는 걸 알고

나는 가슴이 뛰었습니다.

그러나 정작 그 길이 얼마나 처절하고

얼마나 절박해야 하는지는 미처 몰랐습니다.

이제야 처음으로 잠시 들어가 본 그 길.

첫 발걸음의 설레임은 금세 나의 무지와 무모함으로 비
틀거립니다.

님의 침묵 앞에 나의 머리는 하얘지고

나의 입은 고삐 풀린 망아지처럼 이리저리 뛰놉니다.

당황하지 말라, 욕심내지 말라는 머릿속 지침은

한갓 종잇조각이 되어 바람에 흩날려 갑니다.

나의 뇌리는 님의 말 속에 담긴

문제를 좇는 사냥꾼이 되어 묻고 또 묻습니다.

그 사이 님의 마음은 한 자락 모습도 보이지 않은 채

나의 시야에서 아득히 멀어져 갑니다.

귀만 기울여도

님은 나에게로 다가와 마음을 열 것이라는 가르침은

오직 책 속의 활자로 머물 뿐입니다.

세 번의 짧은 만남을 뒤로하고 떠나는 님의 뒷모습은

여전히 외롭고 허허롭기만 합니다.

나와의 만남이

그 외로움을, 그 허전함을 오히려 더 깊게 만든 것 같아

나는 나의 가슴을 칩니다.

그래도 님이 무심히 던지고 간 이별의 위로 한마디에

나는 또 들떠서 화려한 재회를 꿈꿉니다.

이런 나를 물끄러미 지켜보는

또 다른 내가 지금 저기 그곳에 서 있습니다.

님의 마음으로 향하는 먼 길의 길목에서

우두커니 웅크리고 있습니다.

설레임과 두려움, 기대와 떨림, 홍분과 전율이 교차합니다.

님의 마음속으로 들어가는 일은

때론 맑은 개울의 물속처럼 즐겁고 신이 납니다.

그러나 때로는 도저히 깊이를 알 수 없는 심연처럼

검고 푸르러 두렵기만 합니다.

그 심연 속에는 부글부글 활화산이 끓어오르고

바닥에는 떨칠 수 없는 끈적거림으로

짙은 외로움이 깔려 있음을 우리는 서로 잘 알고 있습니다.

지금 내가 가려는 이 길이

잎새에 이는 한 점 바람을 찾아가는 길이라면,

내 심장에 철철 흐르는

피 같은 격정을 만나러 가는 길이라면,

그 길 위에 외로움이 붉은 낙엽처럼 뿌려진들

두려움이 폭풍우처럼 몰아친들

꿋꿋이 나아갈 수 있겠느냐고

나는 지금 나에게 묻고 있습니다.

꽃을 보다, 마음을 듣다

1판 1쇄 인쇄 2026년 4월 13일
1판 1쇄 발행 2026년 4월 29일

펴낸이 김성구
사업기획이사 김지용

책임편집 한재원 김윤미
디자인 이영민
콘텐츠본부 고혁 양지하 이은주 류다경 김초록 이아름
마케팅부 송영우 김지희 강소희
제작 어찬
관리 안웅기 이종관 홍성준

펴낸곳 (주)샘터사
등록 2001년 10월 15일 제1-2923호
주소 서울시 종로구 창경궁로35길 26 2층 (03076)
전화 1877-8941 | 팩스 02-3672-1873
이메일 book@isamtoh.com | 홈페이지 www.isamtoh.com

© 김현호, 2026, Printed in Korea.

ISBN 978-89-464-7550-2 03810

- 값은 뒤표지에 있습니다.
- 잘못 만들어진 책은 구입처에서 교환해 드립니다.

샘터 1% 나눔실천
샘터는 모든 책 인세의 1%를 '샘물통장' 기금으로 조성하여
매년 소외된 이웃에게 기부하고 있습니다.
앞으로도 샘터는 책을 통해 1% 나눔실천을 계속할 것입니다.